Le capitalisme
expliqué
à ma petite-fille

Jean Ziegler

Le capitalisme expliqué à ma petite-fille

(en espérant qu'elle en verra la fin)

Éditions du Seuil

ISBN 978-2-02-139722-2

www.seuil.com

Je dédie ce livre
à tous mes petits-enfants.

Vous qui sur terre vivez dans la douleur
Il vous faut réveiller toutes les forces
De votre être
L'obéissance pour l'homme
Est le fléau majeur.
Qui n'aimerait une bonne fois
Devenir son propre maître ?

BERTOLT BRECHT, *La Vie de Galilée*[1]

1. Paris, Éditions de l'Arche, 1974 (trad. A. Jacobet et E. Pfrimmer).

I

– L'autre soir, maman m'a appelée, tout excitée : tu passais à la télévision et tu discutais du capitalisme avec un homme apparemment très aimable, mais vous n'étiez d'accord sur rien. Je n'ai pas compris grand-chose à votre querelle, pourtant tu avais l'air assez fâché. Pourquoi ?

– Tu as raison Zohra, j'étais en colère. Cet homme en face de moi s'appelle Peter Brabeck-Letmathe, c'est le président de Nestlé, la société transcontinentale de l'alimentation la plus puissante du monde. Nestlé, qui a été fondée il y a cent cinquante ans dans la petite Suisse, est aujourd'hui la vingt-septième des plus puissantes entreprises de la planète.

– Je ne vois pas le problème. Nestlé fait du bon chocolat ! Et, si la Suisse est capable de développer des entreprises qui font leurs affaires à travers tous les continents, pourquoi ça te met en colère ?

– Parce que Peter Brabeck invoquait tout le temps la théorie de son ami Rutger Bregman, un célèbre historien hollandais. Or je m'insurge contre sa conception de l'histoire et de l'économie. Il affirme notamment ceci : « Pendant à peu près 99 % de l'histoire du monde, 99 % de l'humanité a été pauvre, affamée, sale, craintive, bête, laide et malade. [...]

Mais tout a changé au cours des deux cents dernières années, [...] des milliards d'entre nous se sont retrouvés riches, bien nourris, propres, en sécurité et parfois même beaux. Même ceux que nous appelons encore "les pauvres" jouiront d'une abondance sans précédent dans l'histoire mondiale. »

Peter Brabeck prétend ainsi que l'ordre capitaliste est la forme d'organisation de la planète la plus juste que l'histoire ait connue, assurant la liberté et le bien-être de l'humanité.

– *Et ce n'est pas vrai ?*

– Évidemment non ! C'est même précisément le contraire qui est vrai ! Le mode de production capitaliste est responsable de crimes innombrables, du massacre quotidien de dizaines de milliers d'enfants par la sous-alimentation, la faim et les maladies liées à la faim, du retour d'épidémies depuis longtemps vaincues par la médecine, mais aussi de la destruction de l'environnement naturel, de l'empoisonnement des sols, de l'eau et des mers, de la destruction des forêts...

Nous sommes actuellement 7,3 milliards d'êtres humains sur notre fragile planète. Plus des deux tiers, environ 4,8 milliards, habitent dans l'hémisphère Sud, parmi lesquels des centaines de millions vivent dans des conditions indignes. Les mères sont tourmentées par la peur panique du lendemain parce qu'elles ne savent pas comment elles pourront nourrir leurs enfants un jour de plus. Les pères sont humiliés, méprisés jusque dans leur famille, parce qu'ils n'arrivent pas à trouver de travail, victimes de ce qu'on appelle le « chômage permanent ». Les enfants grandissent dans la misère et l'angoisse, ils sont les victimes fréquentes de violences familiales, leur enfance est souvent fracassée. Pour 2 milliards d'êtres humains dans le monde – ceux que la Banque mondiale appelle les « extrêmement pauvres » –, la liberté n'existe pas. Leur seule préoccupation est de survivre.

Les ravages du sous-développement sont la faim, la soif, les épidémies et la guerre. Ils détruisent plus d'hommes, de femmes et d'enfants chaque année que la boucherie de la Seconde Guerre mondiale pendant six ans. Ce qui fait dire à beaucoup d'entre nous que, pour les peuples du tiers-monde, la « Troisième Guerre mondiale » est en cours aujourd'hui.

– Si je comprends bien, Brabeck et toi, vous êtes complètement opposés. Vous n'êtes pas du tout d'accord sur les bienfaits ou sur les méfaits du capitalisme.

– Tu as raison. Selon moi – et pour tous ceux et toutes celles qui partagent ma position –, le capitalisme a créé un ordre cannibale sur la planète : l'abondance pour une petite minorité et la misère meurtrière pour la multitude.

J'appartiens au camp des ennemis du capitalisme. Je le combats.

– Il faut donc abolir purement et simplement le capitalisme ?

– Ma chère Zohra, la réponse n'est pas simple… À une minorité des êtres humains, notamment pour ceux qui habitent les pays de l'hémisphère Nord ou qui appartiennent aux classes dirigeantes des pays du Sud, les formidables révolutions – industrielles, scientifiques, technologiques – produites par le système capitaliste durant les XIXe et XXe siècles ont procuré un bien-être économique jamais atteint auparavant. Le mode de production capitaliste se caractérise par une vitalité et une créativité stupéfiantes. En concentrant des moyens financiers énormes, en mobilisant les talents humains, en jouant sur la compétition et la concurrence, les détenteurs du capital les plus puissants contrôlent ce que les économistes appellent le « savoir problématique », c'est-à-dire la recherche scientifique et technologique dans les domaines les plus divers : électronique, informatique, pharmaceutique, médical, énergétique, aéronautique, astronomique, science des matériaux…

Grâce aux laboratoires, aux universités qu'ils sponsorisent, ils obtiennent des progrès éblouissants, notamment en matière de biologie, de génétique ou de physique. Dans les laboratoires des sociétés pharmaceutiques de Novartis, Hoffmann-La Roche ou encore Syngenta, une nouvelle molécule, un nouveau médicament est créé chaque mois ; à Wall Street, un nouvel instrument financier est inventé presque chaque trimestre. Les sociétés transcontinentales de l'agroalimentaire augmentent sans cesse leur production, elles diversifient leurs semences, fabriquent des engrais toujours plus rentables, augmentent les récoltes et inventent des pesticides toujours plus efficaces pour les protéger des nuisibles ; les astrophysiciens observent les autres univers que le nôtre, tournant autour de leurs étoiles, et découvrent sans cesse de nouvelles exoplanètes ; les industriels de l'automobile construisent chaque année des voitures plus solides et plus rapides ; les scientifiques et les ingénieurs envoient dans l'espace des satellites toujours plus performants ; des milliers de brevets protégeant des milliers d'inventions nouvelles dans tous les domaines de la vie humaine sont déposés tous les ans auprès de l'OMPI, l'Organisation mondiale de la protection intellectuelle à Genève.

– Si je comprends bien, Jean, le mode de production et d'accumulation capitaliste te stupéfie par son inventivité et sa puissance créatrice…

– Oui, Zohra. Imagine-toi : entre 1992 et 2002, en dix ans seulement, le produit mondial brut a doublé et le volume du commerce mondial a été multiplié par trois. Quant à la consommation d'énergie, elle double en moyenne tous les quatre ans.

Depuis le début de ce millénaire, pour la première fois de son histoire, l'humanité jouit d'une abondance de biens. La planète croule sous les richesses. Les biens disponibles dépassent de très loin les besoins incompressibles des êtres humains.

– Donc le capitalisme a du bon ?

– L'ordre cannibale du monde que le capitalisme a créé doit être radicalement détruit, mais les formidables conquêtes de la science et de la technologie doivent non seulement être préservées mais aussi potentialisées. Le travail, les talents, le génie humains doivent servir le bien commun, l'intérêt public de nous tous – de tous les humains – et non uniquement le confort, le luxe, la puissance d'une minorité. Je te dirai plus tard dans quelles conditions le nouveau monde, celui dont rêvent les hommes et les femmes, peut se réaliser. Pour l'instant, laisse-moi te raconter d'où vient le capitalisme.

II

– *Alors, dis-moi, comment est né le capitalisme ?*

– C'est une longue histoire très compliquée, car le capitalisme est à la fois un *mode de production économique* et une *forme d'organisation sociale*. Il a affaire avec la naissance et le dépérissement des classes sociales. Tous ces termes sont un peu abstraits pour toi, mais je vais te les expliquer, on en a besoin pour bien comprendre l'état des choses.

– *Attends. Avant de faire trop de théorie, explique-moi d'où vient le mot...*

– « Capitalisme » vient du mot latin *caput*, qui signifie « la tête » ; à l'origine, sur le plan économique, cela désigne la tête de bétail. Le mot « capital » qui en dérive surgit aux XIIe-XIIIe siècles dans le sens de fonds, d'avance, de masse d'argent à faire fructifier. « Capitaliste » arrive beaucoup plus tard, au XVIIe siècle, pour désigner le détenteur de richesses, puis l'entrepreneur, celui qui engage une masse d'argent dans le processus de production. Dès le XVIIIe siècle, il se rapporte couramment à toute personne qui possède des richesses. Le financier libéral anglais David Ricardo, auteur en 1817 de *On The Principles of Political Economy and Taxation* (*Des principes de l'économie politique et de l'impôt*), l'utilise tout autant que le révolutionnaire anarchiste français Pierre Joseph Proudhon dans *Qu'est-ce que la propriété ?* en 1840.

Pour finir, au milieu du XIXe siècle, surgit le mot « capitalisme », qui ne sera couramment utilisé qu'au XXe siècle. On le trouve chez le révolutionnaire Louis Blanc dès 1850, dans le sens d'une « appropriation du capital par les uns à l'exclusion des autres » (*Organisation du travail*), chez Proudhon et, bien sûr, chez Karl Marx, comme régime économique et social dans lequel le capital, source de revenus, n'appartient généralement pas à ceux qui le produisent à travers leur travail.

– Ah ! ça y est, je comprends ! C'est lui qui a donné son nom aux marxistes, j'ai des copains qui sont marxistes et anticapitalistes !

– Tu as raison. Les révolutionnaires, depuis plus d'un siècle, se réclament de Karl Marx. Il est de loin le plus connu de tous ces penseurs que je viens de citer. Marx a consacré vingt ans de sa vie de philosophe, d'économiste, de théoricien et de combattant révolutionnaire à l'écriture d'un livre, *Le Capital. Critique de l'économie politique*, qu'il a laissé inachevé à sa mort, en 1883. C'est en observant, depuis Londres où il était réfugié avec sa famille, l'industrie britannique et les terribles conditions de travail qu'elle imposait aux ouvriers qu'il a montré la nature réelle du capitalisme et ainsi fourni des armes à ses victimes pour le combattre.

– Donc, Jean, si j'ai bien compris, le « capital » est une masse d'argent produite par le travail, qui est réinvestie et devient à son tour une source de

revenus ; et le « capitaliste » est le propriétaire de cette masse d'argent, qui s'approprie ces revenus en en privant ceux qui les ont produits par leur travail. C'est juste ?

– C'est exact, le mot « capitalisme » renvoie à ces deux caractéristiques fondamentales : le « capital » comme masse d'argent, le « capitaliste » comme agent opérationnel ou acteur social qui s'enrichit aux dépens des travailleurs.

Ce système capitaliste n'est pas tombé du ciel. Il est le produit finalement triomphant de luttes entre classes sociales antagonistes qui s'étendent sur de nombreux siècles… Des luttes sanglantes, souvent indécises.

– *Tu peux me résumer cette histoire aussi ?*

– Bien sûr ! Depuis des millénaires, il y a des personnes riches qui possèdent des biens en masse – terres, outils de production, accès à l'eau, palais, moyens de transport, nourritures exquises, vaisselle d'or et d'argent, vêtements et bijoux somptueux, etc. – et le pouvoir qui va avec. Ces riches possédaient autrefois aussi, pour travailler pour eux et les servir, des hommes, des femmes et des enfants totalement privés de liberté, vendus et achetés comme des marchandises. Le maître auquel appartenaient ces « esclaves » avait droit de vie et de mort sur eux. Ce système social et de production très ancien s'appelle l'« esclavage ». Il a été répandu dans toute l'Antiquité.

– *À l'école, le professeur nous a dit qu'il existait aujourd'hui encore des enfants esclaves, en Mauritanie je crois, et aussi ailleurs, et je viens de voir à la télévision qu'en Libye on vend de jeunes migrants africains comme esclaves...*

– C'est vrai. Mais, en tant que système de production, de forme généralisée d'organisation du travail, l'esclavage a été heureusement aboli, l'achat et la vente d'êtres humains ont été interdits.

Le christianisme a en principe condamné l'esclavage. Je dis « en principe » parce que, en réalité, lorsque les Européens ont eu besoin de main-d'œuvre pour travailler hors d'Europe sur les terres et dans les mines conquises en Amérique, ils ont non seulement pratiqué l'asservissement des populations autochtones, mais aussi et surtout développé l'esclavage des Noirs d'Afrique pour les déporter en masse encore jusqu'à la fin du XIXe siècle et sans que les Églises s'y opposent.

Dans le monde chrétien d'Europe, au Moyen Âge, après la fin de l'Empire romain, un nouveau système économico-social a été progressivement mis en place : la « féodalité », fondée sur la propriété de la terre – le fief – et des liens complexes, hiérarchisés, entre les souverains – empereurs, rois, princes, détenteurs du pouvoir politique et maîtres de vastes terres – et les propriétaires locaux, les seigneurs, leurs vassaux, eux-mêmes suzerains de vassaux moins importants, jusqu'à la population habitant sur ces terres. Les non-propriétaires de terre étaient des « serfs » – du latin *servus* – maintenus en « servage », enfermés dans un statut de « non-libres », même si certains droits leur étaient reconnus en tant qu'enfants de Dieu, frères et sœurs dans la foi chrétienne. Les serfs étaient attachés à la terre et devaient travailler pour le propriétaire de celle-ci en échange de sa protection. La différence entre esclavage et servage provient du statut juridique du serf : il n'était pas assimilé, réduit à une chose comme l'était l'esclave et il disposait d'une personnalité juridique. Ainsi, il pouvait se marier, posséder des biens et ne pouvait pas être vendu. Tu veux que je continue ?

– Oui, mais, d'abord, j'ai une question : tu as dit que la terre s'appelait le fief. D'où vient ce drôle de mot ?

– Le mot « fief » vient du francisque *fehu*, pour « bétail », ou du gothique *faihu*, pour « argent, possession ». Il désigne la terre possédée. La féodalité est donc un système politique fondé sur la propriété de la terre et sur le servage. Il est caractérisé par la hiérarchisation des fiefs et des personnes. Il est le centre névralgique de tout un système complexe d'obligations et de services rendus par les hommes libres, les vassaux, – la plupart du temps des obligations militaires pour défendre le territoire du suzerain ou en conquérir d'autres en son nom, parfois des conseils au profit du suzerain – avec, comme effet, la concession au vassal d'un bien – un fief, un bénéfice. Le suzerain devait protection et entretien à son vassal qui, en retour, lui devait foi et hommage, aide et conseil.

C'est l'affaiblissement de l'autorité publique après les invasions germaniques, hongroises, vikings, etc., après l'échec des Carolingiens (héritiers de Charlemagne) à reconstituer l'Empire et la crise sociopolitique qui s'en est suivie qui ont contribué à consolider ce système après l'an mil.

– Mais, dans les villes, il y avait aussi des fiefs ?

– Tu poses une question centrale. Oui, il y avait des fiefs dans les villes également. Les familles nobles y possédaient la terre et les maisons. Mais c'est dans les villes que s'est développé, contre la féodalité et le servage, le nouveau mode de production capitaliste.

Marx situe clairement son apparition au XVIe siècle et son essor à la fin du XVIIIe siècle, quand une série de révolutions technologiques et la mécanisation du travail ont commencé d'enrichir considérablement une nouvelle couche de la population : la bourgeoisie. Ce que Marx n'analyse pas en détail, parce qu'à son époque la connaissance du Moyen Âge était encore un peu floue, c'est que certains moyens d'accumulation du capital par des artisans et surtout par des marchands sont apparus très tôt au Moyen Âge dans les villes, où le processus d'enrichissement de la bourgeoisie a commencé dès le XIIe siècle, parfois plus tôt.

Mais, ce qu'il faut surtout que tu comprennes, c'est que, comme forme d'organisation sociale, le capitalisme est intimement lié aux luttes séculaires entre classes sociales antagonistes.

– *Classes sociales antagonistes... C'est, par exemple, la classe bourgeoise contre la classe féodale ?*

– En effet. Revenons un instant à la fin de l'esclavage et à sa conséquence logique. La société esclavagiste ayant sombré, en Europe, le propriétaire de la terre ne pouvait plus désormais acheter des travailleurs supplémentaires pour accroître sa productivité. Il devait donc développer son outillage, les réseaux de commercialisation de ses produits, les sources d'énergie, les méthodes de traitement des matières premières. Souvent connues de longue date mais peu exploitées, certaines sources d'énergie ont alors été considérablement améliorées et systématiquement mises en œuvre : l'énergie éolienne (les moulins à vent), l'énergie hydraulique (les moulins à eau), le charbon de bois, etc. Le traitement artisanal des matières premières s'est développé : les artisanats du textile, du cuir, du bois, des métaux ont connu un essor impressionnant. Pour protéger leurs terres, leurs installations artisanales, leurs réseaux de commercialisation, leurs travailleurs, ou pour étendre leur influence et donc accroître leur pouvoir politique, les seigneurs féodaux ont noué des alliances nouvelles avec d'autres seigneurs – comtes, évêques, abbés –, mais aussi avec des communautés urbaines de citoyens et de bourgeois.

Ainsi, tout au long des XIIe-XIIIe siècles, une nouvelle mutation sociale, symbolique, économique et politique s'est produite : elle annonçait la dégénérescence du pouvoir féodal. De plus en plus, la propriété de l'outillage a pris le pas sur la propriété de la terre. Et la propriété de l'outillage a donné naissance à une nouvelle classe sociale : la bourgeoisie urbaine naissante. Cette propriété a conféré à cette nouvelle classe un nouveau pouvoir, autrement dit un « contre-pouvoir », face aux seigneurs féodaux. C'est alors l'émergence des communes, des communautés de citoyens et de bourgeois luttant pour arracher aux seigneurs des droits, des franchises, pour s'organiser, organiser leur travail, leurs marchés, se protéger avec des milices, contrôler la monnaie, les poids et les mesures, etc.

– *Comment ces communes ont-elles fait pour s'imposer ?*

– Il y a eu des révoltes, et même des révolutions, durement réprimées. Des républiques ont été proclamées, qui n'ont pas duré. Parfois un seigneur clairvoyant s'alliait aux représentants des bourgeois, dont il reconnaissait les qualités ; parfois le seigneur s'alliait à eux seulement dans l'espoir d'accroître son propre pouvoir face aux autres seigneurs féodaux ; parfois enfin l'alliance était dictée par une situation géographique objective, le château du seigneur féodal étant installé dans une ville où l'essor industriel était produit par la bourgeoisie montante. Ainsi, par exemple, à Paris, le principal château était situé sur l'île de la Cité, au cœur même de la communauté bourgeoise qui a connu les premières installations industrielles (à proximité immédiate des moulins de la Seine).

Cette politique d'alliance entre certains seigneurs féodaux et des communautés de bourgeois, artisans et marchands urbains, s'est généralisée en Europe dès le XIIe siècle. Elle a provoqué le renforcement progressif de la classe capitaliste bourgeoise. Son triomphe allait advenir avec la Révolution française, mais nous en parlerons tout à l'heure.

– Je voudrais que tu m'en dises un peu plus sur Marx. Pourquoi est-il si célèbre ? Qu'est-ce qu'il a fait pour que des jeunes comme certains de mes copains puissent dire aujourd'hui qu'ils sont marxistes ?

– Tu as raison de poser cette question. Tu vis en Suisse et, malheureusement, dans une école suisse tu as très peu de chance d'entendre parler de Karl Marx ou d'ailleurs de n'importe quel autre écrivain radicalement critique du capitalisme.

Né en 1818 à Trèves, Marx était un jeune étudiant en philosophie. Comme il était radicalement opposé au régime autoritaire du roi de Prusse qui gouvernait alors la Rhénanie, il a été expulsé à l'âge de 25 ans. Avec sa famille, il a vécu dès lors – et jusqu'à sa mort – en exil, d'abord à Paris et à Bruxelles, puis à

Londres. Nourri à la fois de la profonde et riche culture juive et d'une connaissance précise de l'histoire des mouvements révolutionnaires en Europe, il a laissé cette œuvre monumentale que je t'ai citée : *Le Capital*.

En 1848, à l'âge de 29 ans, il a publié avec son ami Friedrich Engels un court texte intitulé *Le Manifeste du parti communiste*. Le premier volume du *Capital*, le seul publié de son vivant, en 1867, a été vendu à 42 exemplaires… Pourtant, l'œuvre de Marx a bouleversé le monde, nourri les insurrections et les révolutions les plus importantes du XIXe, du XXe et du début du XXIe siècle dans les hémisphères Nord et Sud de notre planète. Sa vie durant, Marx et sa famille ont été extrêmement pauvres, vivant en exil. Jenny von Westphalen, son épouse admirable, soutenait son mari. Marx a fondé avec des syndicalistes allemands et anglais la première organisation d'autodéfense des ouvriers, l'Association internationale des travailleurs, au Saint-Martin's Hall, à Londres, un jour de pluie de septembre 1864.

– Pourquoi tu le trouves toi-même tellement important ?

– Parce qu'il a créé la première théorie exhaustive du capitalisme, une somme radicalement critique, formidablement vivante, érudite et intelligente. Elle a nourri toutes les générations de savants anticapitalistes qui lui ont succédé.

Dans *Le Capital*, il décrit avec précision l'accumulation de la plus-value…

– Attends, c'est quoi ça, la plus-value ? C'est la même chose que les revenus ?

– Le propriétaire des moyens de production – capitaux, machines, locaux, matières premières, etc. –

verse aux travailleurs le salaire le plus bas possible, le minimum dont ceux-ci ont besoin pour reconstituer leur force de travail – manger, dormir, avoir un toit. Le capitaliste vend ensuite sur le marché le produit de leur travail sous la forme de marchandises. La différence entre, d'une part, le salaire payé à l'ouvrier (plus les autres frais liés aux moyens de production) et, d'autre part, le gain réalisé par la vente de la marchandise va dans la poche du capitaliste. Ce gain s'appelle la « plus-value ». Le capitaliste réinvestit ce surplus dans le processus de production, et ainsi de suite. Inexorablement, son capital s'accroît, s'accumule jusqu'à des degrés insoupçonnés. Je te parlerai un peu plus tard des immenses fortunes qui se sont ainsi amoncelées entre les mains de quelques hommes incroyablement riches, au pouvoir économique, financier, politique, idéologique – leur influence sur les idées – presque illimité. On les appelle les « oligarques ».

– Tu ne m'as pas dit la différence entre plus-value et revenu…

– Le « revenu du travail », c'est le salaire des travailleurs ou ce que gagne un indépendant dans le cadre de sa profession libérale ou de son entreprise. Le « revenu du capital » peut être de plusieurs sortes : un intérêt généré à la suite d'un prêt d'argent ; une rente foncière ou un loyer immobilier ; des redevances pour des brevets, des licences, des marques commerciales ; et le profit redistribué par les entreprises, par exemple comme dividendes aux actionnaires d'une société anonyme. La plus-value fait partie des revenus du capitaliste. Elle représente la différence entre ce qu'il a investi dans une production, ou dans une vente, et ce qu'il a gagné.

– D'accord, je crois avoir compris. Tout à l'heure, tu m'as dit que ces capitalistes très riches étaient appelés « oligarques ». D'où vient ce nom ?

– Il vient d'oligarchie, un mot composé du grec *oligo*, « peu nombreux », et *kratos*, « pouvoir » : il signifie le pouvoir d'un petit nombre. Dans ce processus que je viens de te décrire et qui réserve la part belle aux oligarques, le vrai producteur de la marchandise, le travailleur, est exclu de l'accumulation ; il appartient désormais au « prolétariat », qui a pris la succession des esclaves et des serfs ; il n'a ni capital ni moyen de production et doit donc, pour survivre, avoir recours au « travail salarié ». Marx pensait que les travailleurs deviendraient toujours plus misérables, que bientôt plus personne ne pourrait acheter toutes les marchandises produites et que le capitalisme allait s'étouffer lui-même. Sur ce point, il s'est trompé. En Occident surtout, les travailleurs et leurs organisations syndicales ont mené durant deux siècles une lutte de résistance farouche. Ils ont arraché aux capitalistes et aux États dominés par les capitalistes des concessions sociales considérables, des salaires décents, une certaine protection contre les licenciements, une assurance chômage, etc.

Sur l'autoliquidation du capitalisme, son étouffement sous la masse des produits finalement invendables, sur la misère toujours plus affreuse des travailleurs de l'Occident industriel, Marx s'est trompé. Mais sur la genèse des oligarchies capitalistes à dimension planétaire, sur l'accumulation illimitée des capitaux entre les mains d'hommes toujours moins nombreux mais toujours plus riches et sur l'exclusion et la misère de centaines de millions d'êtres humains dans le tiers-monde, Marx a eu raison… Et surtout Marx a compris que la bourgeoisie capitaliste imposait une civilisation où, pour citer son *Manifeste du parti communiste*, « le seul lien qui subsiste entre l'homme et l'homme est l'intérêt tout nu, le froid paiement comptant. Frissons sacrés et pieuses ferveurs, enthousiasmes chevaleresques et mélancolie, elle a noyé tout cela dans l'eau glaciale du calcul égoïste. Elle a dissous la dignité de la personne dans la valeur d'échange ».

Tu me suis toujours ? Je t'ennuie ?

– Pas du tout ! Au contraire ! Je t'écoute attentivement…

– Marx décrit une seconde forme d'accumulation du capital, autre que celle pratiquée par les patrons de l'industrie, du commerce, des services dans l'Occident de son temps : il l'appelle l'« accumulation primitive ».

– C'est quoi ?

– Pour investir dans la production, il faut au départ un capital, si possible abondant. Marx s'est demandé comment ce capital avait pu être constitué par les capitalistes à l'aube de la révolution industrielle. Écoute donc ce qu'il en dit dans *Le Capital*, dans une langue magnifique :

> Le capital arrive au monde suant le sang et la boue par tous les pores […]. Il fallait pour piédestal à l'esclavage dissimulé des salariés en Europe l'esclavage sans fard dans le Nouveau Monde […]. L'histoire moderne du capital date de la création du commerce et du marché des deux mondes au XVIe siècle […]. Le régime colonial assurait des

> débouchés aux manufactures naissantes, dont la facilité d'accumulation redoubla, grâce au monopole du marché colonial. Les trésors directement extorqués hors de l'Europe par le travail forcé des indigènes réduits en esclavage, par la concussion, le pillage et le meurtre, refluaient à la mère patrie pour y fonctionner comme capital.

Ce sont principalement les Africains – hommes, femmes et enfants – qui, dès le début du XVIe siècle et dans des conditions d'une indicible cruauté, ont payé de leur sang et de leur vie l'accumulation première du capital européen. Je te donne un exemple : en 1773-1774, la Jamaïque comptait plus de 200 000 esclaves sur 775 plantations. Une seule de ces plantations d'étendue moyenne employait 200 Noirs sur 600 acres, dont 250 de cannes à sucre. Selon les calculs les plus précis fournis par Marx, l'Angleterre a retiré de ces plantations de Jamaïque, au cours de la seule année 1773, des profits nets s'élevant à plus de 1 500 000 livres d'or de l'époque. Avec cet argent, en Angleterre, d'immenses usines – dédiées notamment à l'industrie textile – ont été créées. Du mariage entre le charbon et le fer a surgi une puissante industrie sidérurgique. Des millions de paysans et leurs familles ont alors afflué dans les villes. Tu te souviens du livre de Charles Dickens, *Oliver Twist*, que papa t'a donné à lire l'an passé ?

– *Oui, très bien. Je me souviens notamment de la fin, quand Oliver dit que c'est l'enfer d'être pauvre.*

– Eh bien voilà. Les taudis, le froid glacial en hiver, la faim permanente, les mères blêmes et abîmées, les hommes violents, le mépris et l'arbitraire des policiers – l'univers d'Oliver est le produit de l'industrialisation sauvage à Londres, alimenté par la rapine coloniale. Victor Hugo disait : « C'est de l'enfer des pauvres qu'est fait le paradis des riches. »

– Ce sont donc aussi et surtout les esclaves africains qui ont payé de leur vie, de leur souffrance cette première accumulation ?

– Pas seulement. La « plus-value de la rapine », comme l'appelle Georg Lukács, un lointain disciple de Marx, a été payée aussi, et massivement, par le sang des Indiens d'Amérique latine.

– Comment ça ?

– L'an passé, tu as voyagé en Espagne avec tes parents. À Madrid, vous avez vu la Plazza Mayor, la Puerta del Sol, ensuite, en Castille, vous avez visité l'Escurial, le somptueux palais du roi Philippe II.

– Oui. C'était très beau, j'ai beaucoup aimé, même s'il y avait beaucoup trop de touristes !

– Eh bien, au cours de trois siècles, des millions d'Indiens, souvent des enfants comme toi, sont morts dans les mines pour que les rois d'Espagne puissent construire ces merveilles. Érigée sur l'Altiplano bolivien, sur le haut-plateau de ce qui s'appelait alors l'Alto Perú, « le Haut-Pérou », Potosí était en 1543 la ville la plus peuplée des Amériques. Le sommet qui la surplombe, le Cerro Rico, « la Montagne riche », était en effet traversé par des myriades de veines d'argent. En trois siècles, 40 000 tonnes de minerais d'argent en ont été extraites. Quatre millions d'Indiens appartenant aux peuples aymara, quechua, moxos, guarani y ont laissé leur vie.

Aucun mineur n'était autorisé à remonter à la surface s'il n'était pas porteur du poids réglementaire de minerais argentifères. Les gardes espagnols, armés de piques et de haches, étaient placés tout en haut des échelles. Un enfant, un adolescent, une femme, un homme tentant de remonter à la lumière du jour sans son « dû » était impitoyablement tué ou rejeté dans les ténèbres.

Deux fois par an, de longs cortèges de mules chargées d'argent, d'or, d'étain ou d'autres minerais précieux descendaient de l'Altiplano vers la côte Pacifique, vers Lima. De là, les trésors étaient acheminés par bateau à Cartagena de Indias, puis vers La Havane, épicentre de l'Empire espagnol. Puis, encadrés par des bateaux de guerre – tu as entendu parler de la célèbre Invincible Armada –, les navires chargés de ces trésors traversaient l'Atlantique Sud deux fois par an. À Cadix, ils déchargeaient les caisses d'or et d'argent.

– *Et les Indiens ne se sont jamais révoltés ?*

– Si, bien sûr, mais généralement en vain… L'empereur Charles Quint se glorifiait de régner, comme il disait, sur « un empire où le soleil ne se couche jamais ». Avant l'arrivée des pilleurs espagnols, la population du Mexique s'élevait à 37 millions de personnes, une population égale à celle des Indiens des plateaux andins. En Amérique centrale et dans les Caraïbes vivaient environ 10 millions d'êtres humains. Au total, les grands peuples de culture aztèque, maya et inca comptaient, vers la fin du XVe siècle, entre 70 et 90 millions de personnes. Un siècle plus tard, ils n'étaient plus que 3,5 millions. Le capital est donc bien venu au monde « suant le sang et la boue par tous les pores ».

– *Les Espagnols étaient donc des criminels ?*

– À cet égard, oui, mais ils ne furent pas les seuls. Les classes dominantes françaises ont participé au même crime. En termes de cruauté, leur accumulation primitive du capital vaut celle des Ibériques – Espagnols et Portugais – ou celle des Anglais. Tu as déjà vu les ponts, les monuments imposants, les magnifiques immeubles bourgeois de Paris bordant les grands boulevards, la Canebière à Marseille, les palais du front de la Garonne à Bordeaux ? Eh bien, ils ont été payés par le sang, le désespoir et la souffrance des peuples d'outre-mer.

III

– Tu parles des classes dominantes françaises. C'est qui exactement ?

– Je dois te parler de la Révolution française. La Révolution française, c'est le triomphe politique, idéologique, économique de la bourgeoisie capitaliste en Europe au XVIIIe siècle. La bourgeoisie s'est alors emparée du pouvoir, elle a libéré les forces de transformation de la société, érigé un régime et des institutions à son service, formulé et imposé une idéologie légitimant ses intérêts de classe. Au centre de cette idéologie, elle a placé la notion de propriété privée. Te souviens-tu, Zohra, de ce qui s'est passé le 10 août 1792 à Paris ?

– Je sais que, le 14 juillet 1789, il y a eu la prise de la Bastille et que cet événement marque le début de la Révolution française. Mais le 10 août 1792… j'ai oublié.

– L'été 1792 avait été un temps de famine en France et, plus particulièrement, dans la capitale. La rumeur courait que le roi Louis XVI et la reine Marie-Antoinette avaient caché des montagnes de victuailles dans leur palais des Tuileries, au bord de la Seine. Depuis trois ans, la Révolution battait son plein. La Commune insurrectionnelle de Paris, ses sections d'assaut ont alors organisé l'attaque du palais des Tuileries, protégé par des mercenaires suisses fidèles au roi, mais où le roi et sa famille étaient absents. Les sections d'assaut de la Commune, aidées des insurgés civils, ont facilement gagné la bataille. Elles ont massacré la majeure partie des Suisses dont 334 seulement (sur 900) sont parvenus à s'échapper à travers les jardins. Le lendemain, c'est à même la rue du Faubourg-Poissonnière qu'une vaste tranchée a été creusée. Le peuple de Paris y a jeté les cadavres des Suisses.

Dans le palais, les insurgés n'avaient trouvé ni stock de blé, ni viande, ni aucune autre denrée. En revanche, nombre d'entre eux sont sortis des jardins les bras et de pleines charrettes chargés de bijoux, de commodes précieuses, de fauteuils dorés ou d'horloges serties de pierres précieuses. Les miliciens armés des sections d'assaut de la Commune ont arrêté les pillards et en ont pendu plusieurs dizaines aux réverbères bordant la Seine. C'est ainsi qu'est devenue visible et que s'est affirmée très concrètement, et ce jusqu'à nos jours, la valeur centrale de la bourgeoisie : la sacro-sainte propriété privée. Pour les dirigeants de la Commune insurrectionnelle, le pillage et le vol constituaient des atteintes intolérables à la propriété privée… même si la victime du vol était le roi honni.

– Le problème, c'est donc celui de la propriété privée ? Il aurait fallu la bannir ?

– Il me semble que tout a raté durant la dernière décennie du XVIIIe siècle, que les choses ont alors mal tourné. D'accord, la Révolution française, les jacobins, la première République ont aboli le pouvoir absolu de la monarchie, brisé définitivement la féodalité, libéré les serfs, instauré la souveraineté populaire et donné à une grande partie de l'humanité l'espoir d'une vie plus libre et plus digne. La « Déclaration des droits de l'homme et du citoyen » de 1789 et l'instauration de la laïcité qui s'en est suivie et a entamé le pouvoir tout-puissant de l'Église constituent des conquêtes de civilisation dont profitent aujourd'hui encore des dizaines de millions d'êtres humains à travers le monde. Mais la sanctification de la propriété privée, fondement de l'exploitation capitaliste, par les jacobins notamment, a conduit au désastre dont – d'une façon terrible – nous souffrons aujourd'hui.

– Comment on a pu rater ça ? Est-ce que personne n'a pensé à condamner la propriété ? Au collège, on vient d'étudier le Discours sur l'origine et les fondements de l'inégalité parmi les hommes *(1755) de Jean-Jacques Rousseau. Il y a au début un passage formidable, attends, j'ai le livre ici, je vais te le trouver, Rousseau était visiblement en colère en l'écrivant :*

> Le premier qui, ayant enclos un terrain, s'avisa de dire : « Ceci est à moi », et trouva des gens assez simples pour le croire, fut le véritable fondateur de la société civile. Que de crimes, que de guerres, de meurtres, que de misères et d'horreurs n'eût point épargné au genre humain celui qui, arrachant ces pieux ou comblant un fossé, eût crié à ses semblables : « Gardez-vous d'écouter cet imposteur ; vous êtes perdus, si vous oubliez que les fruits sont à tous, et que la terre n'est à personne. »

– Eh oui, c'est ce que pensait Rousseau de la propriété privée. Le principal fautif est, je pense,

Maximilien Robespierre, qui devant la Convention nationale a déclaré le 24 avril 1793 : « L'égalité des biens est une chimère. » Et quelques jours plus tard, s'adressant aux nouveaux riches, aux habiles profiteurs de la misère du peuple, il a promis : « Je ne veux pas toucher à vos trésors. » Robespierre était alors au faîte de son pouvoir, l'une des figures de proue des « démocrates », défendant l'abolition de l'esclavage, de la peine de mort, le suffrage universel, l'égalité des droits. Et pourtant…

– Mais pourquoi Robespierre a-t-il plaidé pour les riches ? Qu'est-ce qui lui a pris ?

– Le président des Éditions du Seuil, Olivier Bétourné, est aussi un historien érudit et perspicace de la Révolution française, défenseur acharné de Robespierre. Il justifie ainsi la désastreuse stratégie de Robespierre : la Révolution était confrontée à l'hostilité des forces royalistes coalisées et à la menace d'une invasion étrangère commandée par les monarchies européennes. La sauvegarde de l'unité nationale était donc primordiale. D'où l'absolue garantie accordée aux profiteurs de la propriété privée, aux bourgeois prédateurs. Olivier Bétourné a tenté de me convaincre de sa thèse ; malgré toute l'admiration que j'éprouve pour lui, je récuse le bien-fondé de la position de Robespierre.

– Pourquoi ?

– Parce que la propriété privée, sa protection absolue, fût-ce au détriment de l'intérêt collectif, constitue le nœud du problème, la source initiale d'un capitalisme monstrueux.

– Mais je répète ma question : personne parmi ses camarades révolutionnaires n'a contredit Robespierre ?

– Si, bien sûr ! Mais sans succès et avec des conséquences tragiques. Beaucoup de révolutionnaires avaient été profondément influencés par les idées de notre concitoyen Jean-Jacques Rousseau. Gracchus Babeuf, Jacques Roux et d'autres avec eux se sont ligués pour contester violemment Robespierre, dénonçant les privilégiés qui tiraient profit de la Révolution, préconisant l'abolition de la propriété privée, la collectivisation des terres et des moyens de production.

Je ne résiste pas à l'envie de te citer des passages du dernier discours de Babeuf, l'un des textes anticapitalistes les plus justes, les plus visionnaires que je connaisse :

> Perfides ou ignorants ! Vous criez qu'il faut éviter la guerre civile ? Qu'il ne faut point jeter parmi le peuple de brandon de discorde ? Et quelle guerre civile est plus révoltante que celle qui fait voir tous les assassins, d'une part, et toutes les victimes sans défense, d'une autre ? […]
> Que le combat s'engage sur le fameux chapitre de l'égalité et de la propriété ! Que le peuple renverse toutes les anciennes institutions barbares. Que la guerre du riche contre le pauvre cesse d'avoir ce caractère de toute audace, d'un côté, et de toute lâcheté, de l'autre. Oui, je le répète, tous les maux sont à leur comble, ils ne peuvent plus empirer. Ils ne peuvent se réparer que par un bouleversement total.
> Voyons le but de la société, voyons le bonheur commun et venons après mille ans changer ces lois grossières.

– *Qu'est-ce qui est arrivé à Gracchus Babeuf et à ses amis ?*

– Ils ont été condamnés à mort à leur tour. À la veille de son exécution, Babeuf a tenté de se suicider. C'est à moitié conscient, couvert de sang, la mâchoire brisée, qu'il a été traîné à la guillotine le matin du 27 mai 1797. Robespierre était déjà mort. Mais il avait ouvert la voie à la victoire des capitalistes, la voie triomphale de la domination sur la première République, celle du Directoire, puis de l'Empire… et sur tous les autres régimes qui allaient leur succéder en Europe et dans de vastes contrées du monde. Avec les conséquences catastrophiques que nous subissons aujourd'hui.

IV

– Jean, dans ton débat un peu vif à la télévision avec Brabeck, tu l'as traité d'oligarque. J'ai bien compris que ça veut dire qu'il appartient au petit nombre des personnes qui détiennent le pouvoir. Mais ils ont quel pouvoir ? Et ils l'exercent comment, ce pouvoir ?

– Je te l'explique, Zohra. La tendance à la multinationalisation et à la monopolisation du capital est constitutive du mode de production capitaliste. À partir d'un certain niveau de développement des forces de production, cette tendance s'impose comme une nécessité. Elle devient impérative.

– Je ne comprends pas ces mots : « monopolisation », « multinationalisation », « tendance nécessaire », « impérative »… Tu m'expliques cela aussi ?

– Monopoliser signifie accaparer le capital disponible dans une économie, éliminer la concurrence, devenir seul capable de produire un certain type de produits, de fixer les prix, etc. Et multinationalisation indique que cet accaparement s'opère à travers toute la planète, indépendamment des frontières et non plus à l'intérieur d'économies nationales singulières. Ces deux mouvements – monopolisation et multinationalisation – sont induits par la concurrence et la recherche du profit maximal.

La constitution de gigantesques entreprises, présentes sur plusieurs continents à la fois et employant des centaines de milliers de personnes, a réellement pris son envol durant la dernière décennie du XXe siècle.

– Pourquoi est-ce précisément à cette période que cette monopolisation et cette multinationalisation se produisent ?

– Deux événements jouent un rôle décisif. Il y a eu, en 1991, l'implosion de l'Union soviétique et de son empire. Jusqu'à ce moment-là, un habitant de notre planète sur trois vivait sous un régime communiste. Née de la Révolution d'octobre 1917 en Russie et de la prise de pouvoir des conseils ouvriers (ou soviets), l'Union soviétique a constitué, après la Seconde Guerre mondiale et sa victoire sur l'Allemagne nazie, un bloc dit « communiste » opposé aux États dits « capitalistes ». L'Union soviétique ne méritait évidemment pas le beau nom de communiste : sous prétexte de dictature du prolétariat, ce régime se caractérisait par l'oppression élitaire d'une caste et la soumission forcée de la multitude. Il en allait de même dans un certain nombre de pays rattachés à ce bloc. Mais il existait une bipolarité du monde, divisé en deux camps, en deux univers hostiles, séparés l'un de l'autre par un « rideau de fer ». La chute du mur de Berlin, en novembre 1989, et deux ans plus tard l'implosion de l'Union soviétique ont mis fin à cette division territoriale et politique de la planète.

Le mode de production capitaliste avait été jusque-là confiné dans un territoire délimité. À partir de 1991, il a conquis le monde, créé une instance de régulation unique – la main invisible du marché – et ouvert la voie au développement d'entreprises gigantesques.

– Tu as parlé de deux événements...

– La deuxième « circonstance favorable » au développement de ces gigantesques sociétés transnationales qui dominent l'économie de la planète est la formidable succession de révolutions technologiques qui se sont produites, grâce à la créativité des hommes, surtout en Occident, vers la fin du XXe siècle, dans le domaine de l'électronique, de l'informatique, de l'astrophysique, des télécommunications. Le premier satellite artificiel Spoutnik I a été lancé par l'Union soviétique en 1957. Dès 1964, une entreprise multinationale comme Intelsat était capable de fournir les premiers services de télécommunication par satellite. Depuis lors, des milliers de satellites de télécommunication tournent en permanence sur orbite autour de la Terre. Au même moment, d'énormes ordinateurs ont été créés, rendant possible la gestion d'opérations financières et commerciales infiniment complexes mais infiniment rapides aussi. Ces instruments ont permis l'administration simultanée d'innombrables centres de profits différents. Le cyberspace a ainsi unifié la planète.

Aujourd'hui, un employé du siège central de l'UBS à la Paradeplatz de Zurich correspond avec la succursale de sa banque à Tokyo à la vitesse de la lumière, soit à près de 300 000 km/s.

– C'est hyper impressionnant. Tu as déjà insisté sur les performances du capitalisme, qui te bluffent, on dirait. C'est donc grâce à la chute de l'Union soviétique et à toutes ces inventions qu'un palier a été franchi ?

– Tu sais qu'entre 2000 et 2008 j'ai été le premier rapporteur spécial de l'ONU pour le droit à l'alimentation. À ce titre, j'ai été invité dans le palais de verre et d'acier, au bord du lac Léman, à Vevey, où se trouve le quartier général mondial de Nestlé. Une immense paroi y expose des centaines d'usines, de dépôts, de magasins, de centres de profit de Nestlé répandus à travers la surface de la terre. Des myriades de petites lampes de couleurs différentes clignotent sur le tableau. Excellent pédagogue, le directeur qui m'accompagnait me précise : « Voici toutes nos activités, en temps réel, sur tous les continents... Visibles en un seul coup d'œil... Le miracle des ordinateurs modernes. [...] Vous voulez savoir combien de bouteilles de Perrier ont été produites dans nos installations à Marseille aujourd'hui ? De bouteilles de Pure Live à Karachi ? Le nombre de nos salariés aux États-Unis, le volume d'hectolitres de lait traité ce matin par notre société Chiprodal au Chili ? Je vous indique le bouton qui correspond... »

Ces immenses empires, dont la construction et la gestion quotidienne ont été rendues possibles par l'apparition des satellites artificiels de télécommunication et d'ordinateurs d'une puissance insoupçonnée, génèrent des plus-values, et donc des capitaux astronomiques. L'actif du bilan de la société pétrolière ExxonMobil est supérieur au produit intérieur brut (PIB) de l'Autriche, celui de General Motors dépasse le PIB du Danemark.

Parmi toutes les formes de capital existantes – capital industriel, commercial, immobilier, etc. –, l'une s'est autonomisée : le capital financier. Et je voudrais t'en dire un mot maintenant.

– Qu'est-ce que c'est que ce capital financier ? Je croyais que le capital se définissait toujours comme une masse d'argent, donc comme un capital financier.

– Non. Par commodité, on distingue le « capital économique », celui que je t'ai décrit précédemment, et le « capital financier ». Les centaines de milliards d'euros ou de dollars de réserves liquides des sociétés transcontinentales privées font partie du capital financier. Ce capital singulier domine aujourd'hui le monde et s'impose à toutes les autres formes de capital. Il ne correspond pas à des avoirs acquis par la production et la vente de marchandises réelles mais à des avoirs strictement financiers. Je m'explique… Son lieu de vie est la Bourse. Tu sais ce qu'est la Bourse ?

– C'est une institution où se vendent et s'achètent les actions, non ? Avec des traders excités qui hurlent, on voit ça dans les films américains…

– La Bourse est en effet une institution de l'économie de marché capitaliste où s'échangent les actifs – marchandises, matières premières, monnaies, titres, etc. –, où s'affichent les prix, où s'arrachent les affaires. Le capital financier ne dort jamais. Quand, bourrés de cocaïne, parce qu'il faut absolument être performant et tenir un rythme haletant, les traders – les opérateurs de ce marché financier – de la Bourse de Tokyo s'effondrent dans leur lit, leurs collègues de Londres, de Francfort et de Paris sont déjà rivés à leurs écrans, les yeux fiévreux, pourchassant le gain spéculatif du moment. Et lorsque les traders européens sont épuisés, ce sont les spéculateurs de New York, Montréal et Chicago qui se ruent sur leurs ordinateurs. La vitesse de la circulation des informations rétrécit la planète. Elle abolit les relations spatio-temporelles traditionnelles, les liens du temps à l'espace qui caractérisaient les civilisations précédentes.

Et surtout : le capital financier a érigé une véritable dictature sur toute l'économie mondiale. Tout industriel, aussi puissant soit-il, tout seigneur d'un empire commercial dépend désormais de la Bourse. Pour créer sa société ou pour la développer, il a fait appel à des investisseurs qui ont reçu en échange des actions. Sa société a été mise en Bourse et la valeur de ces actions – en anglais la *shareholder value*, en français la « valeur actionnariale » – est soumise au jeu du marché boursier. Fixée à chaque instant par les opérateurs boursiers de Tokyo ou de New York, elle détermine non seulement ses décisions de gestionnaire, mais aussi sa carrière personnelle.

– *Qui gouverne tout ça ?*

– La première chose que font aussi bien la chancelière allemande que le président des États-Unis en arrivant dans leur bureau le matin, c'est de consulter les données boursières de la veille pour savoir de quelle marge d'action millimétrique ils disposent pour mener leur politique fiscale et d'investissement.

Tu te demandes qui gouverne l'économie mondiale ? Eh bien, ce sont précisément les « oligarques », les détenteurs du capital financier mondialisé, le mince groupe d'hommes et de femmes de nationalités, de religions, de cultures différentes mais tous animés d'une même vitalité, d'une même cupidité, d'un même mépris pour les faibles, d'une même ignorance du bien public, d'un même aveuglement pour la planète et le sort des hommes qui y vivent. Par leur puissance et leurs richesses, ils sont les véritables maîtres de la planète.

– Jean, j'avais cru comprendre que les syndicats de travailleurs, les partis de gauche étaient parvenus à imposer un minimum de normes et de règles de conduite à ceux que tu appelles les « maîtres du monde »…

– Le combat syndical, Zohra, est aujourd'hui plus difficile que jamais. Les temps où les ouvriers connaissaient leurs maîtres sont révolus. En 1892, à Carmaux, dans le Tarn, 3 000 mineurs et verriers ont mené, contre le déni de leurs droits, une des grèves les plus dures de l'histoire en France. Jean Jaurès a dénoncé publiquement les propriétaires de ces mines, le marquis de Solages et le baron Reille. L'opinion publique a forcé finalement ceux-ci à céder aux mineurs.

Rien de tel ne serait possible aujourd'hui. Les oligarques, les fonds d'investissement et autres actionnaires principaux qui détiennent les usines, les commerces, les banques et les sociétés anonymes avancent masqués désormais. Rares sont ceux qui connaissent leur véritable identité. Anonymes, donc invisibles, ils habitent le plus souvent à des milliers de kilomètres de leurs entreprises. Bien difficile dans ces conditions de les identifier pour pouvoir mobiliser l'opinion publique à leur encontre.

– Mais, Jean, moi, je ne comprends toujours pas comment fonctionne vraiment cette toute-puissance des oligarchies. C'est totalement injuste ! Comment ils font pour s'imposer partout, mêmes aux États qui ont pourtant des lois, des polices et des armées ?

– Je te donne un exemple que j'ai vécu moi-même. Il est un peu long, mais tu dois bien comprendre ce que vivent les gens face à la toute-puissance de quelques riches.

Comme rapporteur spécial des Nations unies pour le droit à l'alimentation, l'une de mes missions les plus dangereuses et compliquées m'a conduit au Guatemala. C'est un pays stupéfiant de beauté, il s'étend sur plus de 100 000 km^2 de forêts denses, de plaines côtières fertiles, de chaînes volcaniques et de hauts plateaux rocheux, entre l'océan Pacifique et la mer des Caraïbes. Près de 15 millions de personnes l'habitent, en majorité issues de l'antique civilisation des Mayas. Le long du Pacifique, sur une terre noire extrêmement fertile, s'étendent à perte de vue les plantations de bananes, de tomates, de melons, d'ananas, d'avocats, de kiwis appartenant aux sociétés transcontinentales privées United Fruit, Del Monte Foods, Unilever, General Food, etc. À flanc de montagne, sur des pentes aménagées en terrasses, poussent les buissons de café. Ceux des travailleurs journaliers mayas qui ne sont pas employés de façon saisonnière et pour un salaire de misère dans les *fincas*, les plantations possédées par des étrangers ou des latifundistes locaux, sont refoulés avec leurs familles sur les hauts plateaux pierreux. Au bord des ravins, sur les crêtes des *quebradas*, sur les pentes abruptes, ils cultivent quelques tiges de maïs, élèvent des cochons faméliques, creusent des puits et tentent de survivre. Ils s'abritent dans des huttes de branchages qui s'effondrent quand les typhons saisonniers balaient l'Amérique centrale. Je me souviendrai jusqu'à la fin de ma vie des quelques jours passés avec mes collaborateurs, les interprètes, les gardes de sécurité de l'ONU sur la sierra de Jocotán. Par temps clair, on aperçoit à 2 000 mètres en contrebas la « terre noire » : les plantations de la société américaine Del Monte, alignées sur des dizaines de kilomètres.

À cause de la chaleur intense, nous devions surtout travailler la nuit. Nous étions là pour prendre connaissance de la situation, mais les femmes mayas, faméliques, édentées, aux beaux yeux noirs, les hommes, les adolescents, tous restaient silencieux, manifestement assez hostiles, les yeux baissés vers le sol. Vers la fin de la troisième nuit, finalement, un miracle a eu lieu. Nous avons été conviés à nous asseoir sur des bancs de bois au milieu de la place. Un cercle d'hommes s'est formé autour de nous. Les vieux ont parlé les premiers. Nous sentions l'étonnement des hommes. Notre visite les intriguait, les inquiétait peut-être, mais elle commençait aussi à les intéresser.

Des Blancs, avec de grandes voitures tout-terrain couleur de neige, ornées d'un drapeau bleu, sans pistolet à la ceinture, sans arrogance, des femmes et des hommes étrangers qui, apparemment, ne voulaient que parler, s'informer de leurs conditions de vie, les écouter, noter leurs propos, peut-être même des personnes bienveillantes à l'égard des Indiens… Les villageois n'avaient évidemment aucune idée de ce qu'était l'ONU. Mais le Blanc qui les interrogeait à travers les interprètes avait l'air puissant : il était arrivé dans l'une de ces grosses voitures, les femmes et les hommes qui l'accompagnaient portaient de beaux vêtements. La confiance s'est progressivement installée. Nous avons partagé avec eux les denrées alimentaires que nous avions emportées.

Au Guatemala, aujourd'hui, 1,86 % des propriétaires terriens étrangers et nationaux confondus possèdent 67 % des terres arables. Il existe dans ce pays 47 immenses propriétés s'étendant chacune sur plus de 3 700 hectares. Près de 90 % des propriétaires tentent de survivre sur des lopins de 1 hectare ou moins.

Rarement dans ma carrière de rapporteur spécial j'ai autant travaillé sur un rapport et ses recommandations que sur celui que nous avons consacré au Guatemala. Les principales recommandations que nous avons adressées au Conseil des droits de l'homme puis à l'Assemblée générale des Nations unies étaient les suivantes : établir un registre foncier national et mettre en œuvre une réforme agraire ; retirer aux tribunaux militaires la compétence de juger les conflits concernant la terre ; protéger par un article de la Constitution des droits des communautés indigènes de disposer librement de la surface et du sous-sol des terres qu'elles habitent ; créer une banque de crédit agricole ; légaliser le droit de grève des journaliers agricoles saisonniers ; légaliser les syndicats de travailleurs des plantations ; étendre l'assurance chômage aux saisonniers et aux travailleurs ruraux.

– *Tu as réussi à imposer tout ça ? Bravo !*

– Non, justement pas ! À l'ONU, tout rapport de mission doit être déposé auprès du secrétaire général dans les six mois qui suivent la fin de la mission. Le secrétaire général le ratifie et le transmet pour débat et décision d'abord au Conseil des droits de l'homme, puis à l'Assemblée générale. Si les recommandations sont votées, elles deviennent des normes nouvelles du droit public international.

Je savais que nos chances de victoire étaient minces. Les ennemis étaient alertés, puissants, déterminés et bien organisés. La défaite était programmée : aux Nations unies, l'ambassadeur des États-Unis, un milliardaire de l'industrie pharmaceutique de l'Arizona, m'a attaqué avec la plus grande violence, personnellement, me reprochant de proposer des mesures « communistes » destinées à saboter la propriété privée et à paralyser le libre jeu du marché…

Toute réforme agraire est anathème pour les capitalistes, une violation inadmissible de la sacro-sainte liberté du marché et de la propriété privée. Les sociétés transcontinentales privées d'origine nord-américaine avaient fait leur travail : l'ambassadeur était leur perroquet. Aux Nations unies, le gouvernement de Washington a de multiples satellites, de nombreux laquais. Tant au Conseil des droits de l'homme qu'à l'Assemblée générale, il parvint sans problème à mobiliser une majorité de voix hostiles. Les sociétés transcontinentales privées nord-américaines avaient décidé de couler mes recommandations. Ainsi fut fait.

– Mais alors, on ne peut rien faire ? C'est affreux !

– Tu ne crois pas si bien dire. Indépendant de l'Empire espagnol depuis 1825, le Guatemala n'a toujours pas de registre foncier. Un propriétaire latifundiaire désireux d'agrandir son domaine envoie ses *pistoleros* dans le village maya voisin ; ceux-ci abattent quelques paysans, quelques femmes ou adolescents. Les familles restantes, paniquées, fuient dans la montagne. Sans registre foncier, il n'existe aucun moyen technique d'opérer une réforme agraire ou une quelconque redistribution de la terre parce que, justement, les limites exactes de ces terres ne sont pas connues. L'Unicef, le Fonds des Nations unies pour l'enfance, a publié son dernier rapport sur les enfants du Guatemala en 2015. Cette année-là,

112 000 enfants de moins de 10 ans sont morts de faim dans ce pays.

– *Mais ces sociétés multinationales d'Amérique centrale sont horribles !*

– Bien sûr, Zohra ! Mais elles ne sont pas les seules à agir ainsi. Les seigneurs du capital financier globalisé agissent de même en Afrique. Tu en veux un exemple ?

– *Oui, je t'écoute.*

– J'ai toujours refusé d'avoir un téléphone portable. Chaque fois que je vois traîner sur la table de notre maison à Russin le téléphone noir de ta grand-mère Erica, je pense au Kivu. Le Kivu, c'est une région merveilleuse de savanes et de lacs qui s'étend au pied des chaînes volcaniques du massif des Virunga, dans l'est du Congo. Là, dans les enclaves minières gardées par des miliciens lourdement armés, les sociétés privées exploitent le coltan. Ce minerai, aujourd'hui plus précieux que l'argent et l'or, est utilisé pour les carlingues d'avion, les téléphones portables et mille autres objets essentiels pour les habitants des pays industriels. Seul problème : l'accès à ce minerai est particulièrement difficile, les puits sont parfois si étroits que seuls peuvent y descendre des enfants au corps frêle. Les veines de coltan sont situées à 10 ou 20 mètres sous la terre. La roche est friable, les éboulements, nombreux. Les enfants sont alors enterrés vivants, étouffés dans les puits. Les recruteurs de main-d'œuvre pour les seigneurs de ces mines sillonnent inlassablement les villages du Nord-Kivu pour enrôler des enfants.

L'enfer des mines est bien connu dans toute l'immensité de l'est du Congo. Les mères le connaissent, les enfants entre 10 et 12 ans aussi. Ils tremblent de peur à l'évocation des puits. Au Kivu sévissent la faim, la guerre civile, le pillage par les miliciens, le vol des récoltes de manioc, etc. Beaucoup d'enfants savent que leur descente dans la mine constitue la seule chance de survie pour leur famille. Malgré la terreur que leur inspire le tunnel étroit, la plupart de ces jeunes garçons et des filles suivent le recruteur des mines…

– *Mais l'État congolais ne fait rien pour protéger sa population ?*

– L'État congolais n'existe pas au Kivu. À titre d'exemple, le coltan est chargé sur des camions immatriculés au Rwanda, qui passent la frontière – appelée « la grande barrière » – à Goma, rejoignent Ruhengeri, puis Kigali ; ils quittent ensuite le Rwanda, entrent au Kenya et atteignent, sur les bords de l'océan Indien, le port de Mombasa. De là, le précieux chargement rejoint les marchés industriels du Japon, de la Chine, de l'Europe, de l'Amérique du Nord. La mainmise de Glencore, Freeport-McMoRan, Rio Tinto et d'autres sociétés transcontinentales privées prend dans l'est du Congo des formes multiples. Ainsi, Glencore exploite également d'immenses mines de cuivre. Le système est différent pour le coltan : de petites sociétés locales extraient le minerai. Des intermédiaires le rachètent et le revendent à la Gécamines, la Société générale des carrières et des mines appartenant à l'État congolais – et très corrompue. Celle-ci revend le minérai aux sociétés transcontinentales privées.

Jamais je n'oublierai les regards apeurés, les corps faméliques des enfants, des adolescents s'épuisant pour un salaire de misère, sous la menace permanente des fusils des miliciens, dans les mines de coltan du Kivu. La région détient entre 60 et 80 % des réserves mondiales de ce minerai stratégique. Le seul moment où, dans un récent passé, la grande presse internationale s'est intéressée au Kivu, c'est à Noël de l'année 2000. La fameuse PlayStation 2 de Sony avait disparu des magasins européens suite à une pénurie de tantale, qui provient du coltan.

– *Et ces enfants esclaves, personne ne s'occupe d'eux ?*

– Des centaines de garçons et de filles qui réussissent à s'échapper des campements miniers situés dans la forêt errent dans les rues de Bukavu et de Goma. De rares organisations humanitaires essaient de leur venir en aide, de soigner leurs blessures, de les nourrir, de les abriter. L'une des plus efficaces est Voix libres, dirigée par une Genevoise exceptionnelle, Marianne Sébastien.

– *Et ce commerce criminel, personne ne fait rien pour l'arrêter ?*

– Le président des États-Unis Barack Obama a pris un décret pour établir la traçabilité des minéraux extraits dans des conditions inhumaines. Ces « *conflict-minerals* » (minerais liés à des conflits), comme il les appelait, ne devaient plus avoir accès au marché nord-américain.

– *Et ça n'a pas marché ? Les choses n'ont pas changé ?*

– Non, pas vraiment… Ces minerais, dans leur très grande majorité, peuvent être fondus et donc mêlés à des minéraux dits « légaux ». Par ailleurs, les géants miniers, qui disposent d'énormes moyens, ont tout mis en œuvre pour saboter la loi Obama. Glencore, le plus puissant conglomérat minier du monde, a enregistré sa holding, c'est-à-dire la société faîtière qui coiffe tous ses « centres de profit », en Suisse, dans le canton de Zoug. Or, dans ce paradis fiscal, l'impôt annuel pour une holding s'élève à 0,2 % des revenus réalisés. Dans l'empire de Glencore non plus le soleil ne se couche jamais…

– Comment est-ce que les sociétés minières arrivent à contourner les lois ? Ça doit être compliqué tout de même !

– Rassure-toi, Zohra ! Elles n'ont plus besoin de se tracasser. Elles ont parfaitement su mobiliser le formidable pouvoir dont elles disposent à Washington. Le président Donald Trump, qui a succédé à Obama, s'est couché devant les géants miniers. Il a aboli la loi.

– Ça veut donc dire que ces sociétés capitalistes privées sont plus puissantes que l'État le plus puissant du monde ?

– Parfaitement ! Tu as tout compris. Mais revenons au Congo… Il n'existe plus aucune autorité publique dans l'est du Congo, un territoire équivalent à plus de deux fois la surface de la France. Beaucoup de seigneurs des mines ne paient ni de licence d'exploitation, ni de taxes d'exportation, ni bien sûr le moindre centime d'impôts. Située sur les rives septentrionales du lac Kivu, dans l'ombre des volcans les plus élevés des Virunga, Goma est une ville de près de 400 000 habitants. Eh bien, il n'existe pas, dans cette ville, d'hôpital en état de fonctionner normalement ; la plupart des médicaments du quotidien manquent ; un enfant mordu par un serpent venimeux ou frappé d'une infection y meurt.

– Je déteste ces bandits sans cœur !

– Détester ne sert à rien, Zohra. Il faut comprendre. Jean-Paul Sartre, dont je pense que tu as entendu parler au collège, écrit : « Pour aimer les hommes, il faut détester fortement ce qui les opprime. » Le mot-clé est "ce", et non pas "qui" les opprime. Le problème n'est pas la qualité morale ou psychologique de ces maîtres du monde, ou même leur intention subjective. Il ne s'agit donc pas de savoir si la présidente ou le président de Del Monte, Goldman-Sachs, Unilever, Texaco ou Glencore sont de bonnes ou de mauvaises personnes. Car elles sont toutes soumises à ce que nous appelons en sociologie la « violence structurelle ». Si le président de BNP Paribas ou celui de Sanofi n'augmente pas la valeur boursière de son action – ce qu'on appelle le retour sur capital, la *shareholder value* – de 10 ou 15 % par an, il est alors chassé de son poste dans les trois mois qui suivent.

Sartre affirme : « Connaître l'ennemi, combattre l'ennemi. » Je te le répète : détester des personnes singulières ne sert à rien, il faut tenter de comprendre l'ordre capitaliste du monde qui est un ordre cannibale. Mon collègue et ami de Boston, Noam Chomsky, nomme les sociétés transcontinentales privées les « gigantesques personnes immortelles ». Je les appelle plus banalement les « monstres froids ».

– Jean, si l'humanité dépend de la toute-puissance des oligarques, si les oligarques sont impitoyables à son égard mais aussi impitoyables entre eux, est-ce que l'humanité n'est pas en grand danger ?

– C'est exactement ce que je pense. Les oligarchies du capital financier globalisé décident chaque jour de qui a le droit de vivre sur cette planète et de qui est condamné à mourir. Leur politique est marquée par un pragmatisme extrême et connaît de nombreuses contradictions internes. En son sein, des fractions opposées se combattent. La concurrence la plus féroce traverse tout le système. Entre eux, les maîtres se livrent des batailles homériques.

Leurs armes sont les fusions forcées, les délocalisations d'entreprises, les offres publiques d'achat hostiles, l'établissement d'oligopoles, la destruction de l'adversaire par le dumping ou les campagnes de désinformation. L'assassinat est plus rare, mais les maîtres n'hésitent pas à y recourir le cas échéant.

Mais, dès que le système capitaliste dans son ensemble ou dans un de ses segments essentiels est menacé ou simplement contesté, les oligarques et leurs laquais font bloc. Mus par une volonté de puissance, une avidité et une ivresse de commandement sans limites, ils défendent alors bec et ongles la privatisation du monde. Celle-ci leur confère d'extravagants privilèges, des prébendes sans nombre et des fortunes personnelles astronomiques. D'où mon échec au Guatemala…

– Mais pourquoi les gouvernements de ces pays exploités ne protestent-ils pas ? Ils sont impuissants face à tant de pouvoir financier ?

– Tu as raison de poser la question. En réalité, les oligarques ne sont pas les seuls coupables. Aux destructions et aux souffrances infligées aux peuples par les prédateurs du capital financier mondialisé, par leur empire militaire et leurs organisations commerciales et financières mercenaires, viennent s'ajouter celles que provoquent la corruption et la prévarication, courante à grande échelle dans nombre de gouvernements, issus notamment du tiers-monde. Car l'ordre mondial du capital financier ne peut fonctionner sans l'active complicité et la corruption des gouvernements en place. Walter Hollenweger, pasteur à Zurich, résume ainsi cette situation : « La cupidité obsessionnelle et sans limites des riches de chez nous, alliée à la corruption pratiquée par les élites de nombre de pays dits en voie de développement, constitue un gigantesque complot de meurtre. [...] Partout dans le monde et chaque jour se reproduit le massacre des innocents de Bethléem. »

V

– D'après toi, le capitalisme est un système mondial. Ça veut donc dire que, toi et moi, on vit dans ce système. Mais pourtant on n'est pas malheureux !

– Toi et moi, nous sommes plongés dedans. Mais, dans ce système profondément inégalitaire, nous sommes sans doute du côté de ceux qui en souffrent le moins. Nous avons parlé de la globalisation, du règne planétaire de ces oligarques détenteurs du capital financier mondialisé…

– Oui, j'ai bien compris…

– Eh bien ! le terme de « globalisation » peut induire en erreur. Ce n'est pas un monde homogène que les capitalistes ont créé et qu'ils gouvernent, mais un monde qui ressemble plutôt à un archipel.

– Qu'est-ce que ça veut dire ? La Suisse n'est pas une île !

– C'est une métaphore. L'archipel est en effet un ensemble d'îles proches les unes des autres et qui entretiennent entre elles des liens importants. Par analogie, certains sociologues parlent d'une « économie d'archipel » pour désigner les réseaux économiques et financiers des métropoles, des grands centres industriels de la planète qui entretiennent entre eux des relations d'interdépendance puissantes et qui se superposent aux mosaïques des États nationaux. Entre ces îlots de prospérité, des pays entiers disparaissent de l'histoire. Ils sont comme des bateaux fantômes. Toi, en revanche, tu vis sur une des îles les plus prospères, les plus puissantes de cet archipel, l'Europe occidentale. Nous vivons dans le système capitaliste. La formation sociale qui caractérise notre vie collective est aujourd'hui la société de consommation.

– Oui, évidemment, on en a parlé en cours. La publicité pour nous inciter à acheter, la mode, tout ça... Quand je me promène en ville ou dans un de ces immenses centres commerciaux de la France voisine, je me demande qui va acheter toutes ces tonnes de marchandises...

– La société de consommation est un type de société très particulier. Les capitalistes l'ont installée après la Seconde Guerre mondiale, dans les années 1950-1960, au sein des îlots de prospérité de l'archipel. Après la guerre, il fallait reconstruire une économie de paix. Pour faire vivre le capitalisme, pour assurer l'accumulation de capital et générer des profits en continuelle augmentation, il fallait une production toujours plus importante, diversifiée, concurrentielle, innovante à un rythme accéléré. Résultat : à ses habitants, la société de consommation a procuré l'« abondance ». Sa déesse est la marchandise. Les consommateurs lui vendent leur âme.

La société de consommation est fondée sur quelques principes simples : ses membres sont des clients incités à acheter, consommer, jeter et acheter de nouveau des biens en quantité la plus élevée possible, même s'ils n'en ont pas véritablement besoin. Ces biens sont conçus pour une courte durée.

Ta grand-mère Erica me raconte toujours que, quand elle était jeune, elle et ses copines dépensaient des fortunes pour leurs bas qui filaient au moindre accroc. C'est que les bas Nylon mis sur le marché dans les années de l'après-guerre étaient, eux, si résistants que les ventes se sont effondrées. Les fabricants ont alors changé le dosage des composants du Nylon : les bas se sont alors mis à filer. Les pauvres femmes devaient les remplacer quasiment chaque semaine.

Et regarde aujourd'hui les téléphones portables ! Ce sont des objets bien fragiles. Et chaque nouveau modèle est doté de fonctions toujours plus sophistiquées. Un logiciel chasse l'autre ! Alors il faut bientôt acheter un nouvel appareil. Les téléphones portables sont ainsi programmés pour être changés le plus rapidement possible.

On appelle « obsolescence programmée » la réduction de vie volontaire d'un objet pour hâter son rythme de remplacement. Certains fabricants déploient des trésors d'ingéniosité pour rendre leurs produits moins durables et en écouler davantage. Qu'arriverait-il si nos ampoules duraient vingt ans ? Les industriels de l'ampoule feraient peut-être faillite. C'est évidemment en raisonnant de cette manière que les industriels se sont plus ou moins entendus pour programmer le temps de vie de leurs produits. Mais, en France, par exemple, chaque année, 40 millions de produits tombent en panne et ne sont pas réparés. Des milliers de tonnes de déchets ! Désormais les gouvernements s'en inquiètent… à cause du coût et des dégâts environnementaux causés par la « digestion » des déchets.

– Tu as dit que les gens achetaient des choses dont ils n'ont pas besoin. Je me rends compte que ça m'arrive aussi. Les consommateurs sont donc poussés à consommer au-delà de leurs besoins. On est bêtes ou quoi ? C'est le pouvoir de la mode ? Pour moi, je vois bien que c'est le désir de faire comme mes copines...

– En fait, c'est la société de consommation qui se charge elle-même de la définition de tes besoins. Des désirs toujours nouveaux sont créés, instillés, implantés dans le cerveau du consommateur.

La mode vestimentaire – y compris pour vous, les jeunes – change tous les ans. Et tu as sans doute de nombreuses amies qui éprouvent de la gêne à se promener avec des jeans, des T-shirts et des blousons passés de mode. Toi aussi, pour te sentir bien dans ta peau, tu veux être à la mode. Et les parents doivent faire face à tout ça ! Les instruments que les capitalistes utilisent pour créer ces besoins s'appellent le « marketing » et la « publicité », deux des activités les plus néfastes et les plus stupides inventées par les hommes. Regarde dans ton village de Choulex : sur la plupart des boîtes aux lettres de la plupart des maisons, il y a cet autocollant : « Pas de publicité, s'il vous plaît ! »

– C'est vrai, il y en a un sur notre boîte à lettres aussi.

– Oui, mais finalement ça ne sert pas à grand-chose, sinon à manifester un agacement légitime devant l'accumulation dans la boîte d'imprimés inutiles porteurs d'invitations à consommer. Les publicitaires sont malins. Ils persécutent le consommateur où qu'il aille, l'encerclent, le dérangent par téléphone, lui infligent ce qu'ils appellent leurs « messages ».

À la télévision, avant que tu puisses voir les informations ou une émission qui t'intéresse, tu dois subir une kyrielle de « messages » imbéciles. Même chose au cinéma. Si tu veux voir un film, il faut au préalable, et pendant au moins vingt-cinq minutes, endurer le défilé des annonces publicitaires, plus débiles les unes que les autres. Sur Internet, c'est encore pire. Et comme un bon nombre de gens vivent les yeux rivés à leur portable, ils sont en permanence bombardés de messages subliminaux, c'est-à-dire qui agissent au-dessous de leur niveau de conscience. Or ces messages agissent bel et bien sur leur comportement.

– *Qu'est-ce que je dois faire contre ces publicités ? J'aime bien aller au cinéma, moi !*

– Tu ne peux rien faire, sinon fermer les yeux, te boucher les oreilles, traiter la pub par le dédain, résister. Les publicitaires sont partout. Ils polluent même l'espace public. Des groupes de citoyens se sont constitués, en France notamment, pour libérer l'espace public et faire interdire l'affichage privé. En vain ! La sacro-sainte liberté du marché a embrouillé les autorités publiques, qui ont opté contre les citoyens et pour la consommation commandée. On a toutefois voté des lois pour réglementer l'affichage publicitaire aux abords des agglomérations. C'est mieux que rien, bien sûr, mais…

Les mercenaires du marketing et de la publicité assument un rôle essentiel dans cette société de consommation : ils créent, ils suscitent et inspirent le désir de consommer ; ils orientent le comportement des consommateurs ; ils font du *shopping* – un mot anglais apparu avec l'essor de la société de consommation – un loisir, un objectif touristique, un plaisir en soi. Demande à ton frère Théo, qui est prêt à faire la queue des heures devant les boutiques pour adolescents afin d'obtenir le vêtement dernier cri, malgré toutes mes remontrances ! Et tout ça, pour le plus grand profit des producteurs et des diffuseurs, autrement dit des capitalistes.

– Mais les gens sont contents !

– Il est normal que les gens soient contents de pouvoir assouvir leurs désirs, même si ces désirs ont été créés par d'autres, comme « implantés » dans leur cerveau par des « étrangers ».

Malheureusement, cette économie d'abondance a une face obscure : l'exploitation des matières premières et de l'énergie nécessaires à produire les objets, l'inégalité de l'accès à l'abondance, la gestion des déchets, l'absorption des esprits dans la consommation individuelle forcément égoïste, l'angoisse de conserver le revenu nécessaire à ce mode de consommation, la dévaluation, voire l'abolition de la valeur d'usage. Et les trois quarts des habitants de la planète n'ont pas accès à cette abondance.

– Mais qu'est-ce que je peux y faire, moi ? Je ne veux pas être complice, même inconsciemment et contre ma volonté, de cette société-là !

– Pense aux vêtements que tu portes ! Tes parents les achètent dans les grands magasins, aux enseignes bien connues. Ces magasins appartiennent à des sociétés de production qui, pratiquement toutes, font fabriquer leurs vêtements, leurs chaussures, leurs accessoires au prix du travail le plus bas possible, dans des « zones spéciales de production », au

Bangladesh, en Chine, aux Philippines, à Taïwan. Certains, comme Zara, ont misé à la fois sur la qualité, les prix bas et la quantité. Ils ont conquis en peu de temps un immense marché, parce qu'ils vendent des vêtements de bonne coupe, de belle qualité, à des prix incroyablement bas, qui tuent la concurrence.

J'ai visité le Bangladesh et sa capitale Dacca comme rapporteur spécial des Nations unies pour le droit à l'alimentation. Je n'oublierai jamais ces casernes de béton gris de dix ou douze étages, aux carreaux cassés, au mobilier crasseux, aux étroits escaliers branlants, qui défigurent les banlieues de la capitale. Vingt-quatre heures sur vingt-quatre, des cohortes de jeunes femmes se succèdent devant les machines à coudre. Le Bangladesh compte environ 6 000 usines d'habillement. Ces usines sont la propriété d'hommes d'affaires indiens, bangladais, taïwanais, sud-coréens, dont beaucoup sont de véritables vautours. Les esclaves coupent et cousent des jeans, des vestes, des pantalons, des chemises, des T-shirts, des sous-vêtements, fabriquent des chaussures et des ballons de football pour les plus grandes marques mondiales. Les sociétés transcontinentales privées de l'habillement et leurs sous-traitants asiatiques au Bangladesh réalisent des profits astronomiques.

L'ONG suisse Public Eye a analysé l'évolution de la plus-value produite par ces femmes. Un jean de la marque Spectrum-Sweater est ainsi vendu à Genève 66 francs suisses, soit environ 54 euros. De cette somme, la couturière bangladaise touche en moyenne 25 centimes d'euro. En 2016, le salaire minimum légal atteignait au Bangladesh 51 euros par mois. Selon la Fédération syndicale Asia Floor, il faudrait établir un salaire mensuel de 272 euros pour assurer le minimum vital à une famille de quatre personnes. Non seulement les couturières de tes vêtements souffrent de sous-alimentation et de misère, mais il arrive encore que ces casernes de béton, mal entretenues, où elles travaillent viennent à s'effondrer. Ainsi, en 2013, l'immeuble Rana Plaza, une usine vétuste de dix étages, à Dacca, s'est effondré, enterrant 1 138 personnes sous ses décombres, en majorité des jeunes filles. Aucun responsable n'a jamais été condamné.

– Je sais qu'il y a d'autres choses qu'on fabrique comme ça, loin de chez nous et à très bas prix, par exemple les jouets...

– Mais oui, Zohra, c'est le rêve de la plupart des capitalistes : pour faire du profit, il faut fabriquer à bas prix, en sous-payant les travailleurs, et disposer d'un vaste marché dans les pays prospères pour écouler cette marchandise. Il n'est pas difficile d'imaginer quels sont les secteurs où ça marche le mieux : les vêtements, les jouets, les téléphones portables, etc.

L'un des risques les plus grands encourus aujourd'hui par les travailleurs et les travailleuses en Occident, c'est la délocalisation de leurs usines vers des pays où les salaires sont bas et la protection sociale faible, voire inexistante. Ce sont eux aussi qui en paient le prix, par le chômage qui devient permanent.

– Personne ne peut échapper à la société de consommation ?

– Aussi longtemps que les capitalistes régneront sur la planète, non. Ce n'est pas seulement par la consommation sur commande que tu fais partie de ce système, le capitalisme te tient de mille autres façons encore.

Les capitalistes détruisent systématiquement la planète. Où que tu vives sur l'archipel, la pollution peut te tuer ou du moins te rendre gravement malade. Dans nombre des métropoles, l'air est devenu irrespirable, parce que rempli de substances toxiques, attaquant les voies respiratoires et causant des cancers. De même, l'eau polluée des sources, des nappes souterraines et des fleuves empoisonne et rend malade des millions d'êtres humains à travers le monde. Et la contamination de l'eau, ou son assainissement insuffisant, ne tue pas seulement dans les pays du tiers-monde…

Dans les pays industriels, des employés, des ouvriers sont au contact constant avec des matériaux toxiques – comme l'amiante, par exemple, un produit minéral utilisé notamment dans le ciment, dans les matériaux d'isolation, et dont l'absorption par les voies respiratoires provoque des cancers. La pollution sur les lieux de travail entraîne elle aussi la maladie, la souffrance et la mort.

– Donc je subis les dommages du capitalisme même en Suisse, même à Choulex, en pleine campagne ?

– Évidemment ! Regarde la nourriture. Je sais que tes parents évitent les aliments industriels surgelés. Ils achètent des légumes et des fruits frais au marché. Mais la nourriture empoisonnée par les pesticides se retrouve partout. Il est difficile d'éviter ces poisons. Les paysans français ont, l'an passé, déversé sur leurs terres des dizaines et des dizaines de milliers de tonnes de pesticides – qui ensuite se sont retrouvés dans les raisins, les carottes, le lait, etc.

Pour protéger leurs veaux et leurs porcs contre les infections – et donc se protéger eux-mêmes contre la ruine financière –, la plupart des paysans bourrent leurs bétails d'antibiotiques... qui se retrouvent forcément dans les côtelettes et les beefsteaks des étals de boucher.

Selon une enquête de l'Union européenne, en Europe, chaque individu absorbe annuellement avec sa nourriture l'équivalent de 5 litres de pesticides.

Je te donne un exemple récent. Le glyphosate est l'herbicide de loin le plus utilisé en Europe. Selon pratiquement toutes les enquêtes médicales disponibles, il apparaît qu'il peut provoquer le cancer. En octobre 2017, la Commission européenne, sous la pression des trusts de la chimie agricole, a pourtant validé une nouvelle période d'exploitation de cinq ans de ce produit alors qu'une pétition de plus d'un million de citoyens demandait son interdiction immédiate.

Un récent rapport de l'Organisation mondiale de la santé fait ce constat : près de 60 % des cas de cancers, à travers le monde, sont dus aux effets néfastes d'un écosystème déréglé ou d'une alimentation inadéquate. Tu veux que je continue ?

– *Oui ! Ça m'intéresse.*

– Comme tu l'as appris à l'école, les grandes forêts tropicales sont les poumons verts de la planète. Elles protègent la couche d'ozone et rendent l'atmosphère vivable. Or, parmi tous les ravages infligés à la nature par le capital financier multinational, la dévastation des forêts vierges est l'un des pires. Par la surexploitation, les sociétés transnationales du bois les détruisent. En outre, de vastes conglomérats agro-industriels sont constamment à la recherche de nouvelles terres pour étendre leurs plantations ou accroître l'élevage extensif des bœufs. C'est pourquoi ils brûlent annuellement des dizaines de milliers d'hectares de forêt vierge.

Aujourd'hui, les forêts tropicales ne couvrent plus environ que 2 % de la surface de la terre, mais elles abritent près de 70 % de toutes les espèces végétales et animales. Au cours du demi-siècle écoulé, la surface globale des forêts vierges s'est rétrécie de plus de 2 350 millions d'hectares : 18 % de la forêt africaine, 30 % des forêts océaniques et asiatique, 18 % des forêts latino-américaines et des Caraïbes ont été détruites.

La biodiversité régresse de manière alarmante : chaque jour, des espèces végétales et animales sont anéanties de façon définitive, plus de 50 000 espèces ont disparu entre 1995 et 2015.

– *Jean, j'ai lu un article sur la plus grande forêt vierge du monde, la forêt amazonienne. Le bassin amazonien couvre autour de 6 millions de km^2. Plus de 500 000 km^2 de forêt ont disparu ces vingt-cinq dernières années, c'est-à-dire à peu près la surface de la France. C'est gigantesque !*

– En effet, tu es très bien renseignée, Zohra. L'Institut pour l'exploration de l'espace, dont le siège est à São Paulo, au Brésil, surveille le bassin amazonien au moyen de satellites qui photographient régulièrement la progression de la désertification. L'Institut a commencé son travail de surveillance en 1992. Depuis cette date, plus de 530 000 km^2 ont été anéantis. Tu sais qu'il existe des milliards d'insectes de tailles et de couleurs d'une incroyable variété qui, dans la nature, assument des myriades de fonctions différentes mais toutes essentielles. En 2017, une commission d'enquête scientifique internationale a constaté que, en trente ans, le nombre d'insectes sur terre et dans les airs a chuté de plus de 80 %.

– C'est lié à la disparition des forêts ?

– Aussi. Mais les principaux coupables sont à chercher dans les méthodes de production de l'agriculture capitaliste, dans les pesticides, la course au profit maximal, les doses mortelles d'engrais chimiques répandus sur les cultures, etc.

– En classe, on a eu un cours sur la mort des abeilles…

– C'est un bon exemple ! Chez nous, des dizaines de millions d'abeilles sont mortes victimes d'un agent chimique, le sulfoxaflor, un insecticide qui a été répandu dans la nature. Or, dans la nature, les abeilles jouent un rôle crucial. Pas seulement pour la production du miel, mais surtout pour le transport des pollens entre les espèces végétales. Des centaines de milliers de citoyens se sont mobilisés contre le sulfoxaflor. En vain. Les maîtres de l'agrochimie ont gagné la bataille. En bref, où que tu grandisses sur cette planète, à Choulex ou au Bangladesh, sur un îlot de prospérité ou dans un lieu de l'archipel déchu, le système capitaliste détermine ton existence. Il est hautement toxique, mortellement dangereux pour la nature et pour les êtres humains. Et il a tout intérêt à voir des populations divisées, des Occidentaux lobotomisés et des peuples du Sud à genoux.

VI

– À la télévision, l'autre soir, tu t'es indigné – et même énervé – contre les inégalités. Tu as dis que l'inégalité tue…

– L'inégalité est une réalité scandaleuse et parfaitement humiliante pour l'immense majorité des êtres humains sur cette terre. Je ne veux pas t'ennuyer avec des statistiques, aussi je ne vais t'en citer que deux significatives. Selon la Banque mondiale, les 500 sociétés transcontinentales privées les plus puissantes – tous secteurs confondus, industrie, commerce, service, finance, etc. – ont contrôlé l'année passée 52,8 % du produit mondial brut, c'est-à-dire 52,8 % de toutes les richesses – marchandises, brevets, services, capitaux – produites pendant une année sur la planète. Leurs dirigeants échappent à tout contrôle étatique, syndical, parlementaire. Ils pratiquent une seule stratégie : celle de la maximalisation des profits dans le temps le plus court et souvent à n'importe quel coût humain. Ces cosmocrates, ces maîtres du monde détiennent un pouvoir financier, politique, idéologique tel qu'aucun empereur, aucun pape, aucun roi n'en a jamais disposé dans l'histoire des peuples.

Cette situation dénote une inégalité abyssale, meurtrière pour les victimes, mais qui nourrit le mode de production capitaliste. Celui-ci amplifie considérablement, et toujours plus, les moyens des riches et en prive dramatiquement, et toujours plus, les pauvres. De l'inégalité, de l'absence de partage et de redistribution des plus-values de la production naît la formidable efficacité du mode de production capitaliste, fermé sur lui-même, maître de ses stratégies économiques, sans égard pour les victimes.

– *Et tu avais un deuxième exemple de chiffres…*

– Les 85 milliardaires les plus riches du monde ont possédé en 2017 autant de valeurs patrimoniales que les 3,5 milliards de personnes les plus pauvres de l'humanité. La secrétaire générale d'Amnesty International résume ainsi ce scandale : « 85 milliardaires qu'on pourrait mettre tous ensemble dans un seul autobus accaparent autant de biens que la moitié la plus pauvre de l'humanité. »

– *Jean, tu ne penses pas que le fossé entre les très riches et les très pauvres va finir par se combler petit à petit ?*

– Non, je pense même que ce sera le contraire… Dans les pays de l'hémisphère Sud, des charniers s'élèvent chaque jour. Entre les très riches et la masse anonyme des gueux, les inégalités ne cessent de progresser. Le pouvoir financier économique des 562 personnes les plus riches du monde a augmenté de 41 % entre 2010 et 2015, tandis que les avoirs des 3 milliards d'individus les plus pauvres ont chuté de 44 %.

– *Dans le débat avec Brabeck, vous n'étiez jamais d'accord, sauf une fois où il t'a donné raison : il a dit que cette inégalité était choquante.*

– Tu as bien écouté, Zohra. Il a même dit très précisément : « L'inégalité est moralement choquante pour beaucoup de gens. » Mais, malgré tout, à propos de l'inégalité, mon désaccord avec le président de Nestlé reste total. Il ne s'agit pas seulement de psychologie, pas seulement de ce que les gens ressentent – en l'occurrence ce qu'ils ressentent de choquant et qui peut les peiner –, mais bien de ce que les responsables des inégalités imposent concrètement, matériellement à leurs victimes.

L'une des inégalités les plus choquantes, les plus néfastes, est l'inégalité devant les impôts. Les très riches semblent payer les impôts qu'ils veulent. Aucun contrôleur fiscal d'aucun État souverain n'a de prise sur eux, puisqu'il existe aux Caraïbes, dans le Pacifique et ailleurs dans le monde de nombreux paradis fiscaux.

– Tu veux parler des « Panama Papers » et des « Paradise Papers » ? On en parle beaucoup en ce moment…

– En effet. Un paradis fiscal est un pays qui ne connaît pas l'impôt. Mais ces pays disposent de législations permettant de créer des formations juridiques, des trusts, comme aux îles Caïmans, des compagnies d'affaires internationales, comme aux Bahamas, qui garantissent aux très riches un secret absolu, raison pour laquelle ils y cachent leur argent. Les sociétés transcontinentales les plus puissantes, les individus les plus fortunés abritent leurs avoirs dans ces sociétés qu'on appelle *offshore* (« en dehors des côtes », « en pleine mer », « extraterritoriales »). Celles-ci assurent aux détenteurs de fonds une intransparence totale.

Périodiquement, des scandales éclatent. Des journalistes d'investigation, tenaces et courageux, mettent en lumière certains des montages financiers extraordinairement complexes élaborés par les sociétés offshore. Ils dévoilent des listes de noms de personnes impliquées dans ces scandales : ceux que tu as cités, les « Panama Papers », « Paradise Papers », mais aussi en Europe, au Luxembourg, les « Lux-Leaks ».

– Explique-moi comment ces listes de noms tellement secrètes finissent quand même par devenir publiques…

– D'accord. Prenons l'exemple des « Paradise Papers ». Une personne travaillant dans le cabinet d'avocats Appleby International, aux Bermudes – peut-être taraudée par sa mauvaise conscience –, a fait parvenir en novembre 2017 à un consortium international de journalistes d'investigation 6,5 millions de documents, révélant des montages de sociétés offshore dans des dizaines de paradis fiscaux. Ces journalistes ont mené des analyses approfondies de ces documents et en ont tiré des chiffres. Ainsi, le journal *Le Monde*, qui fait partie du consortium de journaux ayant mené cette enquête, évalue à 350 milliards d'euros l'impôt qui, chaque année, échappe au fisc de nos États respectifs, dont 20 milliards au seul fisc français.

– Mais c'est répugnant ! Pendant ce temps, tous les autres, nécessairement moins riches et qui parfois doivent compter chaque sou, sont obligés de payer leurs impôts… en attendant que l'État coupe dans les services publics parce qu'il n'a pas assez d'argent…

– Bravo, Zohra, ton analyse est bonne et contredit la thèse que les très riches invoquent pour se défendre. L'un des inspirateurs de l'idéologie néolibérale, Adam Smith – dont je te reparlerai plus tard –, prétend en effet que « *richness like health is taken from nobody* » (« la richesse, comme la santé, n'est prise à personne »). Cela laisse entendre, par exemple, que ce n'est pas parce que je suis en bonne santé que trois personnes de plus se retrouvent à l'hôpital universitaire de Genève… Or c'est complètement faux ! La comparaison entre la richesse et la santé ne tient pas la route ! Et tu l'as parfaitement compris : le refus des plus riches de payer leurs impôts en dissimulant leurs avoirs vide les caisses des États. Pendant toute la seconde moitié du XXe siècle, l'État-providence, en Europe, destiné à protéger dans une certaine mesure les citoyens contre les ravages d'un capitalisme incontrôlé et féroce, a effectué différents progrès…

– Attends, qu'est-ce que tu appelles l'État-providence ?

– Ce qu'on appelle l'État-providence est apparu dans quelques pays, d'abord timidement, avec les progrès du capitalisme à la fin du XIXe siècle, l'État intervenant pour accorder un peu de protection sociale aux travailleurs, à travers l'assurance maladie, par exemple. Au lendemain de la Seconde Guerre mondiale, cette protection, cette aide, répondant à une exigence de justice sociale, s'est développée (assurance vieillesse, assurance chômage, allocations familiales, aides sociales, bourses d'études, etc.) – évidemment par crainte de voir se développer les luttes sociales, syndicales, le communisme, etc. L'État-providence a mis en œuvre des systèmes de sécurité sociale et de redistribution des richesses importants, par exemple à travers les barêmes progressifs de l'impôt, les plus pauvres en payant peu, les plus riches, beaucoup. Il a financé des écoles, des crèches, des hôpitaux, des transports publics, subventionné la culture, les activités sportives, etc.

– Ce sont donc tous ces progrès qui sont arrêtés net aujourd'hui ?

– Oui, Zohra. L'Unicef (le Fonds des Nations unies pour l'enfance, United Nations International Children's Emergency Fund) indique que, en 2017, 11 % des enfants espagnols âgés de moins de 10 ans sont sous-alimentés. Dans les écoles des quartiers pauvres de Berlin – à Neukölln, par exemple –, les instituteurs apportent du pain et du lait le matin, parce que beaucoup d'enfants arrivent à l'école l'estomac vide, blêmes, privés de petit déjeuner. Affaiblis par la faim, ils sont incapables de suivre une scolarité normale. En manque de ressources, certains États privatisent progressivement leurs services publics : les hôpitaux, les transports, les écoles, les collèges, les universités, les ports et les aéroports, les prisons et même la police. Partout la protection des salariés baisse. La précarité s'installe dans les familles. L'angoisse du lendemain rôde. L'exclusion progresse.

Sais-tu qui est Mme Merkel ?

– C'est la présidente de l'Allemagne…

– C'est la chancelière d'Allemagne, le pays le plus riche de notre continent. Elle emploie une expression horrible : *Sockelarbeitslosigkeit*, presque intraduisible en français. Elle veut dire que le chômage permanent de millions de travailleurs serait comme le socle sur lequel est bâti l'ordre capitaliste. Ces chômeurs permanents, qui n'auront plus jamais de travail, ne recevront plus aucun salaire, ne pourront plus vivre une vie de famille, une existence digne, sont aujourd'hui plus de 36 millions en Europe. Plus de la moitié d'entre eux sont des jeunes gens et des jeunes femmes de moins de 25 ans.

Mais ce n'est pas seulement en Europe, dans les sociétés industrielles, que l'évasion fiscale des très riches – avec pour conséquence la diminution drastique des revenus des États – fait des ravages. Tu ne sais évidemment pas, Zohra, ce qu'est une « *pledging conference* » ?

– *Évidemment non…*

– C'est une institution très particulière des Nations unies. Chaque fois qu'une catastrophe humanitaire frappe une population dans le monde, le Programme alimentaire mondial, l'Unicef et le Haut-Commissariat pour les réfugiés convoquent les ambassadeurs et ambassadrices accrédités à l'ONU. Autour d'une longue table installée au palais des Nations, à Genève ou dans le gratte-ciel de l'ONU, à New York, les spécialistes de l'ONU font face aux diplomates. Ils leur expliquent la nature et l'ampleur de la catastrophe, les mesures qu'ils entendent prendre et le coût de ces mesures. Les diplomates révèlent alors, chacun à leur tour, les sommes que chaque État envisage de verser. *Pledging conference* signifie « conférence d'engagement ».

– *Et les responsables de l'aide humanitaire reçoivent ces sommes d'argent ?*

– Rarement. Je te donne un exemple. Au début de l'année 2017, une catastrophe effroyable s'est abattue sur quatre nations simultanément. La vie de millions d'enfants, de femmes et d'hommes s'est trouvée menacée au Sud-Soudan, en Somalie, au nord du Kenya et au Yémen.

– À cause de quoi ?

– À cause de la sécheresse prolongée qui a détruit les récoltes, de la guerre civile, de l'eau empoisonnée et d'une terrible épidémie de choléra. La *pledging conference* s'est tenue en mars 2017 à Genève. Les spécialistes de l'ONU demandaient 4 milliards de dollars pour maintenir en vie pendant six mois, jusqu'en septembre, 24 millions de personnes. Ils ont finalement reçu exactement 247 millions de dollars…

– Mais c'était beaucoup trop peu !

– Évidemment. Et l'un après l'autre, les diplomates présents se sont excusés : « Nos caisses sont vides… nous ne pouvons pas mettre à votre disposition de contribution supérieure. »

– Alors qu'est-il arrivé ?

– Au Yémen, au Sud-Soudan, au nord du Kenya, au sud de la Somalie, les gens continuent de mourir. Par dizaines de milliers. Des gens comme toi et moi. Ce qui nous sépare des victimes n'est que le hasard de la naissance.

VII

– Mais, dis donc, les pays riches aident tout de même beaucoup les pays pauvres à nourrir leur population, non ?

– Faux, Zohra. C'est exactement le contraire qui se passe. Les peuples de pays pauvres se tuent au travail pour financer le développement des pays riches. Le Sud finance le Nord, et notamment ses classes dominantes. Le plus puissant des moyens de domination du Nord sur le Sud est aujourd'hui le service de la dette.

Les flux de capitaux Sud-Nord sont excédentaires par rapport aux flux Nord-Sud. Les pays pauvres versent annuellement aux classes dirigeantes des pays riches beaucoup plus d'argent qu'ils n'en reçoivent d'elles, sous forme d'investissements, d'aide humanitaire ou d'aide dite au développement. Point n'est besoin de mitrailleuses, de napalm, de blindés pour asservir et soumettre les peuples : la dette, aujourd'hui, fait l'affaire. Par exemple, ce qui se passe sur le continent africain est parfaitement scandaleux : 35,2 % des Africains sont en permanence gravement sous-alimentés.

– Mais pourquoi ? À l'école, j'ai appris que l'Afrique possède beaucoup de terres fertiles et que

le continent est sous-peuplé ; il y a donc de la terre pour tout le monde !

– La principale cause de cette situation est précisément l'endettement de ces pays. Cela mérite une explication. Il faut établir une distinction entre la « dette souveraine » contractée par l'État et la « dette globale » qui cumule la dette contractée par l'État et celle assumée par les entreprises privées. La dette souveraine de tous les pays en développement – sans compter l'Afrique du Sud, le Brésil, la Chine, l'Inde et la Russie qui sont classés parmi les pays émergents – a dépassé en 2016 la somme astronomique de 1 500 milliards de dollars.

La dette agit comme un garrot sur les pays pauvres. Voici comment les choses se passent. La majorité des paysans africains n'a accès ni aux engrais minéraux, ni aux semences sélectionnées, ni au crédit agricole, ni aux forces de traction en quantité suffisante, ni à l'irrigation. Parce que les gouvernements n'ont pas le moindre sou à investir dans l'agriculture. Ils sont écrasés par leur dette extérieure. Le peu d'argent que les pays africains gagnent – le Sénégal grâce à l'exportation des arachides ou le Mali grâce à celle du coton – va directement dans les coffres des banques européennes ou américaines au titre de paiement des intérêts de la dette et de ses tranches d'amortissement (autrement dit, de remboursement). Résultat : il ne reste plus rien pour l'investissement dans l'agriculture. En Afrique noire, seuls 3 % des sols arables sont artificiellement irrigués ; sur les sols restants, les paysans sont réduits à ce qu'on appelle l'agriculture de pluie, exactement comme il y a trois mille ans. Quant à la traction, la situation est tout aussi catastrophique. Il existe environ 40 millions de tracteurs et 300 millions de bêtes de traction dans le monde. Cette question de la traction est décisive : au Saskatchewan, dans les grandes plaines fertiles du Canada occidental, un paysan travaille tout seul 2 000 hectares grâce à son unique tracteur de 200 chevaux. Mais la plupart des 2,7 milliards de paysans des pays du Sud n'ont à leur disposition pour travailler, de nos jours encore, que la machette et la houe…

– *D'où vient cette dette ?*

– D'abord, je te le dis avec force : la dette garantit l'ordre cannibale du monde et la quasi-toute-puissance des oligarchies du capital financier globalisé. Dans les années qui ont suivi la décolonisation, des organismes internationaux comme la Banque mondiale ou le FMI (Fonds monétaire international) ont prêté de l'argent massivement aux pays du tiers-monde pour qu'ils s'industrialisent sur le modèle occidental capitaliste et développent leurs infrastructures. Les colonies avaient disparu, mais les anciennes puissances coloniales voulaient continuer d'exploiter les richesses présentes dans ces pays et aussi, éventuellement, y ouvrir des marchés. Certains régimes dictatoriaux ont bénéficié de prêts pour s'armer, mener des guerres, se doter de moyens répressifs contre leur population.

Lorsqu'un pays pauvre est à bout, que le garrot l'étouffe, quand il ne peut plus payer à ses banquiers créanciers les intérêts et les tranches d'amortissement de sa dette, il doit leur demander un moratoire, un rééchelonnement des paiements ou même une réduction de sa dette. Les banquiers profitent de cette situation. Ils acceptent – du moins partiellement – la demande du pays débiteur, tout en conditionnant cette acceptation à des mesures draconiennes : privatisations et ventes à l'étranger – aux créanciers justement – des rares entreprises rentables, des mines, des services publics de télécommunications, etc. ; privilèges fiscaux exorbitants accordés aux sociétés transcontinentales privées exerçant dans ces pays ; achats d'armes forcés pour équiper l'armée autochtone, etc.

– Si j'ai bien compris, le pays endetté n'a plus d'argent pour fonctionner normalement et il perd son indépendance ?

– En effet, Zohra. Lorsque l'insolvabilité menace, le pays débiteur est contraint de réduire les dépenses inscrites au budget de l'État. Qui en souffre ? La collectivité dans son ensemble et, en premier lieu, les gens les plus modestes. Le latifundiste du Brésil, le général indonésien ne sont pas atteints par la fermeture des écoles publiques : leurs enfants étudient dans des collèges en France, en Suisse, aux États-Unis. La fermeture des hôpitaux publics ? Ils s'en moquent : leurs familles se font soigner à l'hôpital universitaire de Genève, à l'Hôpital américain de Neuilly ou dans les cliniques de Londres ou de Miami.

Le poids de la dette pèse d'abord sur les pauvres.

– Mais, aujourd'hui, comment se fait-il que cette dette continue de s'alourdir ?

– Aujourd'hui, la première cause de l'endettement réside dans l'inégalité des échanges : les pays débiteurs sont fréquemment des pays producteurs de matières premières, notamment agricoles – coton, café, sucre de canne, arachide, cacao, etc. Ils doivent importer l'essentiel des biens industriels dont ils ont besoin – machines, camions, médicaments, ciment… Or, sur le marché mondial, au cours des vingt dernières années, les prix des biens industriels ont plus que sextuplé, tandis que les prix des matières premières agricoles n'ont cessé de chuter. Certains prix, comme ceux du café et du sucre de canne, se sont carrément effondrés. C'est ainsi que, pour éviter la faillite, les pays débiteurs doivent contracter de nouveaux emprunts.

Une autre source de l'endettement, c'est le pillage du Trésor public des pays du tiers-monde. La corruption rampante, la prévarication organisée en complicité active avec des banques privées (suisses, américaines, françaises, etc.) font des ravages. La fortune de la famille du maréchal Joseph Désiré Mobutu, le défunt dictateur du Zaïre, aujourd'hui République démocratique du Congo, est estimée à environ 4 milliards de dollars. Ce butin est caché dans des banques occidentales. Au moment de sa mort, la dette extérieure de la République démocratique du Congo s'élevait, elle, à 13 milliards de dollars…

Une autre explication implique les sociétés transcontinentales privées de l'agroalimentaire, des services, de l'industrie et du commerce ou les banques internationales. Ces différentes entreprises contrôlent aujourd'hui les principaux secteurs économiques des pays de l'hémisphère Sud. La plupart du temps, elles réalisent dans ces pays des profits indécents. Mais, chaque année, elles rapatrient – en devises – la plus grande partie de ces profits à leur siège, en Europe, en Amérique du Nord, en Chine ou au Japon. Une fraction seulement des bénéfices réalisés est réinvestie sur place en monnaie locale.

– Mais, Jean, est-ce que les taux des intérêts des emprunts n'ont pas beaucoup baissé ces dernières années ? Est-ce que ça n'abaisse pas la charge de ces dettes ?

– Eh bien, en fait, non. Les pays pauvres sont contraints de payer pour leurs emprunts des taux d'intérêt exorbitants. Aux yeux des maîtres de la finance mondiale, les États et les entreprises issus du tiers-monde constituent des débiteurs à haut risque. En toute logique (capitaliste), les grandes banques occidentales imposent donc aux débiteurs du Sud des taux d'intérêt incomparablement plus élevés qu'à ceux du Nord. Ces intérêts excessifs contribuent évidemment à l'hémorragie des capitaux que connaissent les pays du Sud.

– *Un pays pauvre ne peut donc pas échapper à ce cercle vicieux ?*

– Non. Regarde l'exemple du président de la République péruvien, Alan García. Considérant que la situation financière catastrophique du pays ne lui permettait plus d'honorer dans sa totalité le service de sa dette extérieure contractée auprès du FMI et de banquiers privés étrangers, il a décidé de ne rembourser cette dette qu'à hauteur de 30 % de sa valeur totale.

– *Génial !*

– C'est ce que l'on pourrait croire. En réalité, le premier bateau battant pavillon péruvien, chargé d'une cargaison de farine de poisson, accostant au port de Hambourg a été saisi aussitôt par la justice allemande à la demande d'un consortium de banquiers allemands. À l'époque, la république du Pérou possédait une flotte aérienne internationale de qualité. Eh bien, les premiers appareils à atterrir à New York, à Madrid ou à Londres, dans les mois suivant l'annonce par le Pérou de la réduction unilatérale des paiements des intérêts et des amortissements de sa dette, ont été séquestrés sur requête des différents créanciers.

À moins d'être en mesure de s'enfermer dans une autarcie totale – donc de se couper de toute espèce d'échanges internationaux –, aucun pays du tiers-monde endetté ne peut, aujourd'hui, échapper à ce garrot.

– *Mais comment les capitalistes peuvent-ils justifier toute cette souffrance qu'ils infligent aux gens, aux enfants en particulier ?*

– La justification avancée est simple et, aux yeux de beaucoup de monde – notamment dans les pays occidentaux –, elle est assez convaincante. Les banquiers disent que si les peuples pauvres ne payaient plus leurs dettes, tout le système bancaire mondial s'effondrerait et tout le monde serait entraîné dans l'abîme.

– *Et c'est vrai ?*

– C'est archifaux ! Avant ta naissance, j'ai été pendant longtemps député de Genève au Conseil national, le parlement de la Confédération, et membre de sa commission des Affaires étrangères. Si tu savais combien de fois j'ai entendu de la part d'un de nos ministres des Finances, fidèle laquais de l'oligarchie bancaire, cette ritournelle : « Quiconque touche à la dette met en danger l'économie mondiale ! »

Chaque fois qu'un pays écrasé par sa dette tombe dans le trou de l'insolvabilité – qu'il ne peut plus payer et refuse de payer –, le *Wall Street Journal* et le *Financial Times* annoncent l'apocalypse.

En 2007-2008, une crise boursière violente a secoué la quasi-totalité des places financières, détruisant des centaines de milliards de dollars de valeurs patrimoniales. En deux ans, certains des titres cotés en Bourse ont perdu jusqu'à 65 % de leur valeur.

Pour certains titres de la haute technologie cotés au NASDAQ – le premier marché boursier électronique qui, lors de sa fondation en 1971, a accueilli la plupart des compagnies technologiques naissantes –, la décote a parfois atteint 80 %. Les valeurs détruites en Bourse au cours de cette période ont été 70 fois plus élevées que la valeur cumulée des titres de la dette extérieure de l'ensemble des 122 pays du tiers-monde.

Pourtant, dans un temps finalement assez court, les places financières se sont rétablies. Le système bancaire mondial a digéré la crise.

– *Et aujourd'hui, où en est-on ?*

– Le garrot reste en place, notamment l'endettement des pays les plus pauvres est plus élevé que jamais. Tant de peuples sont intentionnellement maintenus dans le sous-développement économique par les prédateurs ! Prends l'exemple de l'admirable peuple haïtien qui, le premier, il y a deux cents ans, a chassé les esclavagistes blancs. Exalté par l'annonce de la Révolution française, son peuple, lors de l'insurrection de 1791, a apporté la liberté aux esclaves. En 1802, les Haïtiens ont détruit le corps expéditionnaire surarmé envoyé par Napoléon Bonaparte dans le but de rétablir l'esclavage. En 1814, ils ont décapité le négociateur Franco de Medina, envoyé par le roi Louis XVIII à Haïti pour faire reconnaître son autorité. La France a alors changé de stratégie : elle a décrété contre Haïti un embargo financier, économique, diplomatique et surtout naval, blocus auquel l'Angleterre et d'autres puissances européennes se sont jointes. Afin d'échapper à la ruine totale de son pays, le président haïtien Jean-Pierre Boyer a accepté de signer un accord avec la France qui exigeait qu'Haïti rembourse les anciens propriétaires d'esclaves. Boyer a dû accepter de payer à Paris 150 millions de francs-or… Cette somme astronomique a été versée intégralement, par tranches annuelles, jusqu'en 1883.

– Mais, pendant tout ce temps, les Haïtiens n'ont pas protesté ?

– Zohra, laisse-moi terminer mon récit… Le secrétaire général des Nations unies Kofi Annan a convoqué du 28 août au 2 septembre 2001, dans le port sud-africain de Durban, la première conférence mondiale contre le racisme. La délégation haïtienne était conduite par le président en exercice Jean-Bertrand Aristide, un ancien prêtre salésien, un petit homme frêle à la peau brune. À Durban, Aristide a fait un discours virulent, accueilli par l'ovation des délégués latino-américains, asiatiques et africains. Il a réclamé à la France le remboursement des 150 millions de francs-or et en plus le versement des intérêts cumulés de cette somme depuis 1814. La délégation française a évidemment refusé. En 2004, Jean-Bertrand Aristide a été renversé par un coup d'État. Beaucoup de Haïtiens sont persuadés que ce coup a été organisé par les services secrets français.

– Avec son chantage au blocus naval, le roi Louis XVIII a donc commis une bien mauvaise action.

– Hélas, Zohra, le cynisme des cosmocrates n'a pas beaucoup changé depuis lors. L'arrogance des capitalistes contemporains vaut bien celle des financiers parisiens d'il y a deux cents ans. Les agissements des fonds vautours le démontrent.

– *Qu'est-ce que c'est exactement, les fonds vautours ? Je sais, je devrais le savoir : tu nous en as parlé pendant des semaines l'année passée chaque fois qu'on se voyait.*

– Je t'ai dit, Zohra, que la plupart des pays du Sud sont écrasés par leur dette extérieure. Périodiquement, certains d'entre eux deviennent insolvables. Ils ne sont plus capables de verser aux grandes banques créancières les intérêts et les tranches d'amortissement de leurs dettes. Le pays en faillite dit alors : « Je ne peux plus payer, acceptez de discuter avec moi de la réduction de ma dette. » Il arrive que les banquiers acceptent. Leur raisonnement est qu'il vaut mieux, pour eux, recevoir 30 ou 40 % des sommes dues plutôt que de ne rien recevoir du tout. Le pays débiteur émet donc de nouveaux papiers-valeurs, appelés obligations, pour une somme due de 70 ou 60 % inférieure par rapport à la somme initiale. Mais les anciens titres de créance continuent de circuler. Des fonds d'investissement domiciliés aux Bahamas, à Curaçao, à Jersey ou dans d'autres paradis fiscaux – qu'on a pris l'habitude d'appeler des « fonds vautours », car les vautours se nourrissent d'animaux morts ou moribonds – les achètent à des prix fortement réduits, puis s'en vont devant les tribunaux de New York, de Londres ou d'ailleurs et demandent le remboursement à 100 % de la créance originelle. Et, très généralement, les vautours gagnent !

– *Oh là là ! Jean, comme c'est compliqué !*

– Je te donne des exemples. En 1979, la Zambie a importé de Roumanie pour 30 millions de dollars d'équipements agricoles. Mais, en 1984, le pays s'est retrouvé en cessation de paiement. Eh bien, une certaine société, domiciliée aux îles Vierges, a acheté pour 3 millions de dollars la créance roumaine. Elle a porté plainte devant la justice de Londres pour obtenir le paiement des 30 millions. Elle a eu gain de cause, puis a fait saisir à travers le monde les exportations de cuivre zambien, certains immeubles londoniens appartenant au gouvernement zambien, des camions zambiens entrant en Afrique du Sud, etc. Finalement, le gouvernement de Lusaka a cédé. Il s'est engagé à verser 15,5 millions de dollars à ce fonds vautour.

En 2017, 227 procédures menées par 26 fonds vautours étaient en cours devant 48 juridictions différentes contre 32 pays débiteurs. La proportion de succès remportés par les prédateurs, de 2005 à 2015, s'élève à hauteur de 77 %. Les profits qu'ils en ont tirés pendant cette période varient entre 33 et 1 600 %.

– C'est totalement cynique ! Les peuples pauvres sont donc sans défense contre ces fonds vautours. On ne pourrait pas changer les lois, interdire ces pratiques ignobles ? Décider d'imposer une nouvelle norme juridique ?

– Les peuples pauvres sont effectivement sans défense. Dans certains cas, les fonds vautours tuent. Prends l'exemple du Malawi, petit pays agricole du sud-est de l'Afrique. La nourriture de base de ses habitants est le maïs ; les famines y sont récurrentes. Comme d'autres gouvernements dans la même situation, celui du Malawi a constitué des réserves de maïs. Ses dépôts sont administrés par la National Food Reserve Agency. En 2000, elle avait en stock 40 000 tonnes de maïs. En 2002, une sécheresse effroyable a détruit la majeure partie des récoltes. Sur les 11 millions d'habitants, 7 ont été frappés par la famine… Et le gouvernement ne disposait plus de réserves pour leur venir en aide. Les dépôts étaient vides : quelques mois auparavant, un tribunal anglais avait condamné la National Food Reserve Agency à vendre sur le marché mondial ses 40 000 tonnes de maïs afin de pouvoir payer en devises la somme due à un fonds vautour. Au Malawi, des dizaines de milliers de femmes, d'enfants et d'hommes sont ainsi morts de faim.

– *Mais, Jean, les banquiers qui ont accepté de négocier la réduction de leurs créances ne protestent-ils pas contre les fonds vautours ?*

– Pire ! Non seulement ils se taisent, mais beaucoup d'entre eux jouent un double jeu. Les marges réalisées par les fonds vautours étant tout à fait exceptionnelles, beaucoup de grandes banques sont actionnaires de ces fonds…

– *Mais comment c'est possible ?*

– Très simplement. Lors des premières négociations pour la réduction de la dette, les directrices et directeurs des grandes banques créancières sont assis face aux ministres à la grande table de négociation, au ministère des Finances du pays étranglé. Puis ils rentrent chez eux, dans leurs bureaux climatisés à New York, Paris, Londres, Francfort ou Zurich… et accordent des crédits bancaires indécents aux fonds vautours.

– *Et personne ne dénonce ce double jeu ?*

– Au Conseil des droits de l'homme de l'ONU, l'an passé, le groupe des États latino-américains, soutenu par les États africains, a proposé une nouvelle norme de droit international visant à interdire les fonds vautours. Sous l'influence manifeste de ces vautours, la plupart des gouvernements occidentaux – français, allemands, américains, etc. – ont saboté la proposition.

Les vautours continuent de sévir impunément.

VIII

– Pourquoi personne ne proteste vraiment contre les crimes commis par les capitalistes ? Il y a pourtant beaucoup de gens bien ici et là. Pourquoi ils ne font rien contre les injustices ?

– Les raisons sont nombreuses et complexes. D'abord, je crois qu'en Occident personne n'ose vraiment penser le monde tel qu'il est. Voici ce qu'écrivait Edmond Kaiser, mon ami décédé, fondateur de Terre des hommes, à propos des enfants martyrs du tiers-monde auxquels il avait consacré sa vie : « Si on ouvrait la marmite du monde, sa clameur ferait reculer le ciel et la terre. Car ni la terre ni le ciel ni aucun d'entre nous n'a vraiment mesuré l'envergure terrifiante du malheur des enfants ni le poids des pouvoirs qui les broient. » Au début de mon mandat de rapporteur spécial des Nations unies pour le droit à l'alimentation, j'ai placé en annexe de mes rapports des photos d'enfants victimes des maladies de la sous-alimentation, notamment les visages défigurés des enfants victimes du noma.

– Oui, je me souviens. Tu m'en as montré. Le noma dévore les visages des enfants. C'est horrible !

– D'abord l'infection attaque, par exemple, les gencives de l'enfant, puis la nécrose détruit graduellement tous les tissus mous. Les lèvres, les joues disparaissent, des trous béant se creusent. Les yeux tombent, puisque l'os orbital est anéanti. La mâchoire est scellée, empêchant l'enfant d'ouvrir la bouche.

Dès le début de mon mandat, Éric Tistounet, secrétaire général du Conseil des droits de l'homme, a témoigné à mon égard d'une discrète et vigilante amitié. Un soir, après une séance particulièrement décevante où chacune de mes recommandations avait été rejetée, Éric m'a dit : « Vous ne devriez plus annexer à vos rapports ces photos choquantes… Elles provoquent le rejet chez les ambassadeurs. Ne supportant pas le spectacle de ces visages d'enfants mutilés, ils mettent le rapport de côté sans le lire. » Depuis ce soir-là, je n'ai plus jamais annexé de photos. J'ai aussi renoncé à décrire avec trop de détails les ravages et les souffrances provoqués par la sous-alimentation permanente.

– Mais il y a bien les journaux et la télévision…

– L'autocensure intentionnelle ou subconsciente existe chez presque tous les journalistes. Il s'y ajoute le fait que dans les pays occidentaux, démocratiques, vivant en principe sous l'empire de la liberté de la presse, une poignée de milliardaires contrôlent aujourd'hui l'essentiel des médias. En France, cinq milliardaires possèdent plus de 80 % des hebdomadaires, mensuels et journaux. Et, de fait, aucune information trop choquante sur les victimes de l'ordre cannibale du monde n'atteint la conscience collective.

– Ah bon, tu es sûr de ça, tu as des exemples ?

– Ils sont innombrables. Regarde ce qui s'est passé le jour du 11 septembre 2001. Des terroristes islamistes, des fous, ont jeté deux avions remplis de passagers sur deux gratte-ciel à New York, un troisième sur le Pentagone, à Washington, quand un quatrième s'est abîmé en Pennsylvanie. Dans les avions et les bâtiments détruits, 2 973 hommes, femmes et enfants appartenant à 67 nationalités différentes ont été brûlés, tués par ces criminels. Cette tragédie a bouleversé le monde. Seize ans plus tard, ce crime monstrueux habite encore la conscience collective. Mais ce même 11 septembre 2001, comme chaque jour, plus de 35 000 enfants âgés de moins de 10 ans sont morts de faim ou de ses suites immédiates dans l'hémisphère Sud. Pratiquement personne n'en a parlé.

– *Les capitalistes n'ont donc pas mauvaise conscience ?*

– Ils ne se sentent pas responsables. Ils ont coutume de dire que c'est « la main invisible du marché » qui gouverne le monde et qu'elle agit selon des lois « naturelles » immuables, comme la gravitation ou la marche des planètes. Ils avancent une justification, une théorie de légitimation de leurs agissements, qui est cohérente, agressive, complexe et formidablement efficace. On l'appelle le « néolibéralisme ».

– *Qu'est-ce que c'est exactement ?*

– Parmi les grands banquiers que j'ai croisés au cours de mon mandat de rapporteur spécial de l'ONU, l'un des plus brillants, des plus cultivés, était certainement James Wolfensohn, un milliardaire australien devenu président de la Banque mondiale. Il était chaleureux et d'un abord agréable. Wolfensohn avait, comme horizon ultime de l'histoire humaine, une conviction qu'il proclamait à chacun des séminaires de la Banque mondiale auxquels j'ai assisté : « *Stateless global governance* » (« Un gouvernement mondial sans État »). Cela voulait dire en clair : Faisons confiance à l'autorégulation du marché mondial libéré de toute entrave. Ou encore : Liquidons toute instance de contrôle public dans le domaine économique.

Pour Wolfensohn et les capitalistes, voici l'évidence première : si le capital est totalement libre de ses mouvements, donc qu'aucun État ne lui impose un quelconque contrôle normatif ou ne limite sa circulation territoriale, il migre à chaque instant là où il réalise le profit maximum. C'est ainsi que la liberté d'action du capital privé et l'accroissement rapide de la productivité sont intimement liés.

Mon ami, hélas beaucoup trop tôt disparu, Pierre Bourdieu commentait ainsi ce qu'il regardait comme un véritable délire : « L'obscurantisme est revenu, mais cette fois nous avons affaire à des gens qui se réclament de la raison. » Et qui n'hésitent pas à diffuser les plus pieux mensonges.

– *Tu m'expliques ce que sont ces mensonges ?*

– Depuis l'implosion de l'Union soviétique en août 1991, le capitalisme financier a conquis la planète comme un feu de brousse. Il a imposé le néolibéralisme comme idéologie dominante. L'écrivain Guy Debord caractérise avec justesse ce moment : « Pour la première fois, les mêmes [les capitalistes] ont été les maîtres de tout ce que l'on fait et de tout ce que l'on en dit. » Depuis 1991, la libéralisation a fait des progrès foudroyants. En à peine dix ans, je te l'ai dit, entre 1992 et 2002, le produit mondial brut a doublé, le volume du commerce mondial triplé. Et en même temps la misère, dans nombre de pays du Sud, a formidablement augmenté. La libéralisation rapide du marché mondial n'a donc pas éliminé la misère. Elle s'est réalisée au profit presque exclusif des oligarchies capitalistes régnantes. L'hypocrisie produite par ce nouvel obscurantisme est abyssale. Tu me suis ?

– *Oui, j'essaie.*

– Parlons un peu de la totale liberté de commerce exigée par l'idéologie néolibérale. Dans les faits, cette totale liberté de commerce ressemble à un match de boxe qui opposerait Mike Tyson, champion du monde des poids lourds, et un jeune chômeur bangladais sous-alimenté, malade et au corps chétif. Le capitaliste affirme : « Le match obéit aux exigences de l'équité ; les conditions sont les mêmes pour les deux boxeurs. Que le meilleur gagne ! » En apparence, les cosmocrates disent vrai : les conditions du combat entre Tyson et le Bangladais sont les mêmes. Même ring, même temps de combat, mêmes gants de boxe, mêmes règles, un arbitre pour les faire respecter… Mais le résultat prévisible est néanmoins le massacre du Bangladais.

Prends, par exemple, le principe de l'égal traitement des investisseurs étrangers et nationaux imposé par le néolibéralisme. La Côte d'Ivoire, tu le sais, est le premier producteur de cacao du monde. Mais si Nestlé ou un autre trust ouvre une usine de traitement de la fève à côté d'un industriel autochtone, il est évident que Nestlé ou sa consœur acculeront en peu de temps l'entreprise ivoirienne à la faillite…

– *Comment ça ?*

– Premier trust agroalimentaire et 27e entreprise la plus puissante du monde, Nestlé a des moyens pécuniaires presque illimités. Il peut, s'il le décide, ruiner l'entreprise ivoirienne en payant au planteur africain de fèves de cacao un prix d'achat nettement supérieur à celui que pourra lui payer l'investisseur autochtone. Jusqu'au jour où l'Ivoirien sera forcé de mettre la clé sous la porte. Désormais en position de monopole, le trust victorieux imposera une baisse massive de son prix d'achat. C'est ainsi que le sacro-saint principe néolibéral de traitement égal des investisseurs imposé partout par les cosmocrates fait obstacle à l'industrialisation, et donc à la sortie de la misère, des pays les plus pauvres.

– Ce qui induit en erreur, je pense, c'est qu'on fait croire que le libéralisme, cela signifie plus de liberté. Et tout le monde aime la liberté !

– Oui, Zohra, et c'est une autre illusion couramment véhiculée par les tenants du capitalisme : le libre commerce et la liberté politique seraient des synonymes. Ancien commissaire au Commerce extérieur de l'Union Européenne, puis directeur général de l'Organisation mondiale du commerce, Pascal Lamy a la conviction néolibérale chevillée au corps. C'est certainement l'un des intellectuels les plus doués, les plus influents de la droite libérale aujourd'hui, bien qu'il soit, bizarrement, assez proche de certains milieux politiques de gauche. Voici ce qu'il dit : « Ma conviction est qu'un pays commercialement plus ouvert devient nécessairement moins répressif. »

Xi Jinping, actuel président de la République populaire de Chine, est un partisan fervent de la totale liberté du commerce. Or son pays compte parmi les plus répressifs du monde. La Chine détient même le record mondial des exécutions capitales. Elle est gouvernée par un parti unique ; sa police secrète est toute-puissante ; de par la loi, la grève est assimilée à un crime.

– Je pense quand même que tous les capitalistes ne sont pas des monstres et que certains, parmi ceux qui réussissent, qui fournissent du travail à leurs ouvriers, qui produisent des choses utiles, pensent faire le bien de tous…

– C'est juste, Zohra. Pour calmer leurs scrupules, ils ont d'ailleurs une arme secrète, qu'ils appellent « *trickle down effect* » (« effet de ruissellement »).

– Pfff… C'est quoi, de la mythologie ? Zeus qui féconde la Terre ?

– Ce n'est pas un gag. Le mot a été inventé au XVIIIe siècle par deux personnages étonnants, David Ricardo et Adam Smith, tous les deux fraîchement enrichis, le premier comme courtier en Bourse à Londres, le second comme receveur général des douanes pour l'Écosse. Leur théorème est le suivant : lorsque la multiplication des pains atteint un certain niveau, la distribution aux pauvres se fait presque automatiquement. Les riches ne pouvant jouir concrètement d'une richesse dépassant par trop la satisfaction de leurs besoins – si coûteux et extravagants soient-ils –, ils procèdent alors eux-mêmes à une redistribution. Ainsi, à partir d'un certain niveau de richesse, les capitalistes n'accumulent plus, ils distribuent. Un milliardaire augmente le salaire de son chauffeur parce qu'il ne sait plus – au sens précis du terme – quoi faire de son argent.

– Et c'est vrai, quoi. Un très riche ne peut pas rouler dans trois Rolls-Royce à la fois, dormir en

même temps dans cinq villas luxueuses, manger en un seul repas 5 kilos de caviar !

– C'est effectivement ce que pensaient Ricardo et Smith et c'est ce qu'ils ont écrit. Selon eux, il existe une limite objective à l'accumulation. Si le riche ne peut plus jouir de toutes ses richesses, il est conduit à distribuer l'excédent non utilisable aux gens autour de lui, jusqu'aux plus pauvres. Sur les miséreux, les humiliés, les affamés devaient ainsi nécessairement tomber un jour des richesses.

L'erreur commise par Ricardo et Smith est flagrante. Leur théorie est fondée sur la valeur d'usage des biens. Or l'accumulation des richesses par les cosmocrates n'a qu'un seul moteur : l'avidité, la volonté de domination, le désir d'accumuler toujours plus de richesses, plus de capitaux que son voisin et concurrent. Dans cette folie du profit illimité, la valeur d'usage des biens ne tient aucun rôle.

– Ricardo et Smith se sont donc trompés ?

– Oui, et gravement !

– Avec toutes ces erreurs, qui peut encore croire à cette théorie néolibérale ?

– Beaucoup de monde, hélas ! Le plus grand triomphe des capitalistes est de nous faire croire que l'économie n'obéit désormais plus à la volonté des hommes, mais à cette fameuse loi de la nature. Les forces du marché seraient parfaitement autonomes, incontrôlables. Il ne resterait plus aux hommes qu'à obéir.

Je me souviens d'un jour à Berlin en 2000, lorsque j'étais à l'époque membre du conseil exécutif de l'Internationale socialiste. Nous siégions dans l'une des salles monumentales du Reichstag, l'ancien siège du parlement du Reich allemand rescapé d'un célèbre incendie en 1933, sous Hitler, et des bombardements de la ville durant les dernières années de la guerre. À Düsseldorf, Bochum, Dortmund, Essen, dans toute la Ruhr, le cœur industriel de l'Allemagne, des foules immenses, des centaines de milliers d'ouvriers et d'ouvrières, d'employés, d'ingénieurs, de cadres manifestaient dans la rue contre la délocalisation de leurs usines.

Pourquoi ces délocalisations ? Nombre de capitalistes rhénans étaient alors mécontents de leurs marges bénéficiaires, trop réduites à leur goût. Ils avaient décidé d'expatrier leurs entreprises – pourtant parfaitement rentables – dans des pays comme la Roumanie, la Slovaquie, la Hongrie, pour certains jusqu'à Taïwan et dans les « zones spéciales de production » de Chine. Dans toutes ces contrées, les salaires étant beaucoup plus bas qu'en Allemagne, les capitalistes étaient certains de doubler, voire de tripler leur profit.

Le puissant syndicat d'IG Metall, le plus grand syndicat d'Europe, a mobilisé ses troupes pendant des mois, exigeant une intervention du gouvernement et l'interdiction des délocalisations d'entreprises rentables. La stratégie des capitalistes allemands était en effet synonyme d'augmentation massive du chômage dans l'industrie lourde – de l'acier, des machines, etc.

Le chancelier d'Allemagne, Gerhard Schröder, présidait la séance de l'Internationale socialiste. C'est un homme énergique, joyeux, au franc-parler, le contraire d'un bureaucrate sinistre. Il nous a expliqué qu'il comprenait parfaitement la colère et l'inquiétude des manifestants, mais qu'il n'y avait rien à faire. Pourtant, la coalition en vertu de laquelle il gouvernait, conduite par les sociaux-démocrates, jouissait d'une majorité confortable au Parlement et aurait sans problème pu voter les lois interdisant le démantèlement de l'industrie lourde de la Ruhr. Elle aurait ainsi pu mettre en échec la stratégie capitaliste de maximalisation du profit et préserver du chômage des centaines de milliers de personnes.

Le problème, à l'évidence, n'était pas le rapport de forces entre le gouvernement et les capitalistes, mais bien l'adhésion, la soumission volontaire de Schröder à l'obscurantisme néolibéral. Il nous a dit textuellement : « Personne ne peut rien contre les forces du marché. Les industriels de la Ruhr obéissent aux lois du marché mondial. Je regrette personnellement leur décision… Mais ce serait une folie dangereuse que de s'opposer au marché. »

Est-ce que le sympathique Schröder tenait un double langage ? Est-ce qu'il était, comme le pensaient alors ses critiques du camp socialiste, de mèche avec les oligarques allemands et russes ? Je ne le pense pas. En l'écoutant justifier son inaction sous les lambris dorés du salon du Reichstag, j'étais convaincu de sa sincérité. Je me suis alors souvenu de l'expression de Pierre Bourdieu : « Le néolibéralisme est une arme de conquête. Il annonce un fatalisme économique contre lequel toute résistance paraît vaine. Le néolibéralisme est comparable au sida : il détruit le système immunitaire de ses victimes. » C'est-à-dire qu'il paralyse sa victime après l'avoir convaincue de sa propre impuissance.

Les plus grandes entreprises de la Ruhr, souvent aussi les plus prospères, ont pu délocaliser leurs installations à l'étranger. Gerhard Schröder a été chassé de la chancellerie en 2004.

– *Mais il est nul, ce Schröder !*

– Pas du tout ! Par son attitude à Berlin, il a réaffirmé la normalité de la conduite des gouvernements européens de droite comme de gauche. Sa conscience était tout simplement aliénée.

– *Ça veut dire quoi « aliénée » ? Est-ce que c'est une excuse pour rester les bras croisés ?*

– L'aliénation est un processus très mystérieux. Il a pour résultat que les femmes et les hommes pensent, agissent librement contre leurs propres intérêts. Il me paraît très important que tu comprennes comment fonctionne l'aliénation, car elle est l'arme principale des capitalistes pour dominer les esprits. Elle menace chacun de nous. Toi y compris…

Les cosmocrates parviennent à faire croire à ceux qu'ils dominent qu'ils défendent l'intérêt commun, l'intérêt de tous les membres de la société. La fonction de l'« aliénation » est de détruire l'identité singulière de l'individu, de le priver de son libre arbitre, de sa capacité à penser librement et à résister. Il s'agit de le réduire à sa fonction marchande.

J'ai beaucoup réfléchi à ce processus énigmatique. L'écrivain turc Nâzim Hikmet écrit : « Ils ont mis des chaînes à la racine de notre tête. » L'aliénation, c'est la soumission volontaire à la loi du capital. Quand elle parvient à ses fins, elle témoigne d'une victoire formidable des cosmocrates sur l'intelligence critique des dominés.

– *On serait tous aliénés, papa, maman, toi, moi ?*

– Non, pas tous ! Une partie des gens, je ne sais pas exactement dans quelle proportion, résistent à l'obscurantisme néolibéral. Et je pense que, dans notre famille, nous sommes plutôt des résistants.

Mais chez beaucoup de personnes, hélas, l'aliénation fait des ravages.

– Comment ?

– Prends l'exemple de ton propre pays. La Suisse est dotée d'un régime politique dit de « démocratie directe ». 100 000 citoyennes et citoyens réunis peuvent exiger qu'un scrutin populaire soit organisé pour modifier ou abolir n'importe quel article de la Constitution.

– Ah oui : les dimanches de votation ! À Genève, on vote sans arrêt ! Tous les deux ou trois mois, sur les sujets les plus divers...

– Eh bien, Zohra, ces dimanches produisent la plupart du temps des résultats désastreux. La Suisse est dominée par une des oligarchies capitalistes les plus féroces, les plus habiles du monde. 2 % de la population possède 96 % des valeurs patrimoniales. Avant chaque votation populaire, les oligarques mobilisent des dizaines de millions de francs suisses pour inciter le peuple à voter dans le sens qu'ils souhaitent. Et ils parviennent la plupart du temps à leurs fins !

Prends le cas des scrutins fédéraux des deux dernières années. Les Suisses ont voté librement, dans le secret des urnes, contre l'instauration d'un salaire minimum, contre la limitation des salaires les plus élevés, contre la création d'une caisse publique d'assurance maladie, contre une semaine supplémentaire de vacances pour tous, contre l'augmentation de la rente versée aux retraités... Je t'ennuie avec mes exemples ?

– Non.

– Comme des moutons bêlants, les citoyennes et citoyens suisses obéissent aux diktats de leurs oligarques. La fière Confédération helvétique fournit désormais l'exemple presque parfait d'une démocratie simulative.

– *Cette situation t'énerve ?*

– Zohra, j'enrage contre la passivité du peuple, contre sa volontaire soumission aux mensonges de la classe capitaliste. Cette passivité n'est d'ailleurs nullement propre à la Suisse. Et, surtout, elle vient de loin. Ce consentement tacite aux agissements des prédateurs se manifeste dès le début de la Révolution française et de la prise du pouvoir d'État par la bourgeoisie. Sais-tu ce que sont les cahiers de doléances ?

– *Non, explique-moi...*

– Devant la crise économique incontrôlable de la fin des années 1780, le roi Louis XVI a été contraint de convoquer à Paris les États généraux, une assemblée générale des représentants des trois ordres de la société d'alors : la noblesse, le clergé et le tiers-état. Nombre de cahiers de doléances ont été rédigés en 1789 par les miséreux et plaignants de tous les coins du royaume. En lisant certaines de ces pétitions, rééditées par les Archives nationales, j'ai eu les larmes aux yeux.

Mais, au lieu de lutter eux-mêmes pour la reconnaissance de leurs droits, les « pauvres et mendiants de France » – comme ils se désignaient parfois eux-mêmes – s'en sont remis, pour la défense de leurs intérêts, à leurs futurs prédateurs, les bourgeois capitalistes. Sans le savoir !

Écoute une de ces doléances, datée du 4 octobre 1789.

> Nos Seigneurs [...]. Les pauvres et les mendiants du royaume de France, entièrement séparés de vos

Seigneuries, auraient le droit de prétendre former un quatrième ordre dans l'État. Nul autre n'aurait comme lui autant de sujets de se plaindre et des redressements de griefs aussi nombreux à demander. Tous les droits qu'ils tiennent de la Providence suprême ont été violés. Mais l'admission de notre ordre aux États généraux, tout équitable qu'elle serait, ne ferait qu'embarrasser la marche de ses délibérations. [...] Vos Seigneuries, choquées de voir réunis ensemble les deux extrêmes et les intermédiaires de la société, trouveraient notre nudité révoltante, nos haillons ignobles et dégoûtants et craindraient la contagion de la vermine qui nous couvre. Nous n'aspirons donc pas à introduire parmi vos Seigneuries nos représentants quoique vos frères, égaux à vous, dans l'ordre de la nature et de la grâce : le tableau vivant et affligeant pour l'humanité qu'elles offriraient de nos misères, et de notre nudité, de nos besoins et souvent même de notre désespoir, contrarierait et ternirait l'éclat de vos opulences. Mais lorsque nous renonçons en votre faveur aux droits le plus naturel et le plus légitime, daignez au moins vous charger de la défense de nos droits.

– *Ces cahiers de doléance ont servi à quelque chose ?*

– Non ! La bourgeoisie capitaliste a trompé de manière éhontée le peuple. La souffrance des gueux s'est encore aggravée après la chute de la Bastille. Écoute ce formidable discours de Jacques Roux. Il répond à ta question. Jacques Roux était un prêtre défroqué, intelligent, courageux, qui forçait l'admiration de tous, même de ses ennemis. Il s'est fait l'avocat des gueux. En vain...

> L'aristocratie marchande, plus terrible que l'aristocratie nobiliaire et sacerdotale, s'est fait un jeu cruel d'envahir les fortunes individuelles et les trésors de la République ; encore ignorons-nous quel sera le terme de leurs exactions, car le prix des marchandises augmente d'une manière effrayante, du matin au soir. Citoyens représentants, il est temps que le combat à mort que l'égoïste livre à la classe la plus laborieuse de la société finisse... Ô rage ! Ô honte ! Qui pourra croire que les représentants du peuple français qui ont déclaré la guerre aux tyrans du dehors ont été assez lâches pour ne pas écraser ceux du dedans ?

– *Qu'est devenu Jacques Roux ?*
– Condamné à mort par le Comité de salut public, il s'est suicidé la veille de son exécution.

– *Personne ne l'a donc écouté ?*
– Pire que cela ! Durant les générations suivantes, l'intériorisation des valeurs bourgeoises, la soumission volontaire aux bourgeois capitalistes se sont encore renforcées.

Plus de cent ans plus tard, se promenant dans le Paris nocturne, le grand Jean Jaurès, fondateur du Parti socialiste français – sur lequel ton père a écrit une très belle pièce de théâtre –, a fait cette découverte.

> Je fus saisi, un soir d'hiver, dans la ville immense, d'une sorte d'épouvante sociale. Il me semblait que les milliers et les milliers d'hommes qui passaient sans se connaître, foule innombrable de fantômes solitaires, étaient déliés de tout lien. Et je me demandai avec une sorte de terreur impersonnelle

> comment tous ces êtres acceptaient l'inégale répartition des biens et des maux […].
> Je ne leur voyais pas de chaînes aux mains et aux pieds, et je me disais : par quel prodige ces milliers d'individus souffrants et dépouillés subissent-ils tout ce qui est ? […] la chaîne était au cœur […], la pensée était liée […]. Le système social avait façonné ces hommes, il était en eux, il était en quelque façon devenu leur substance même, et ils ne se révoltaient pas contre la réalité parce qu'ils se confondaient avec elle.

Un de mes livres, l'un de ceux auxquels je tiens le plus, s'intitule *Destruction massive. Géopolitique de la faim*. Il rend compte de mon travail durant huit ans comme rapporteur spécial des Nations unies pour le droit à l'alimentation. Il a été traduit en plusieurs langues, j'ai fait un grand nombre de conférences à Rome, à Milan, à Madrid, à Berlin, à Oslo, à New York. J'y ai parlé des enfants squelettiques aux membres tremblants, au regard hagard, victimes du manque de calories, peuplant des contrées toujours plus étendues de la planète. À chaque fois, je m'efforçais de montrer que le massacre quotidien de milliers d'enfants et d'adultes par la faim est fait de mains d'hommes. Et que ce massacre pourrait être arrêté demain par les hommes. Je parlais des 10 sociétés transcontinentales privées qui, ensemble, contrôlent 85 % de la production, du stockage, du transport, de la distribution des aliments, j'évoquais la spéculation boursière sur le riz, le blé, le maïs par les grandes banques, qui font monter les prix du marché mondial de ces aliments de base, je soulignais l'accaparement des terres arables en Afrique, en Amérique latine, en Asie par les fonds d'investissement.

À la fin de presque chacune de mes conférences, une personne dans le fond de la salle levait la main pour m'interpeller : « Ce que vous dites est certainement juste. Je suis comme vous scandalisé par ce meurtre de tant d'êtres humains par la sous-alimentation et la malnutrition. Mais, moi, que puis-je faire, simple citoyen, contre ces sociétés immensément riches et toutes-puissantes ? Rien ! »

Face à ceux qu'au fond je regardais comme des « déserteurs », ma réponse – marquée par un énervement croissant – était toujours la même : « On n'est jamais impuissant en démocratie. Vous pouvez agir pour abattre cet ordre cannibale. »

– *Comment donc ?*

– Patience, Zohra. J'y viens.

IX

– *Jean, abattre le capitalisme, ce n'est pas une utopie ? Est-ce qu'on ne pourrait pas plutôt l'améliorer, le corriger ?*

– Non, Zohra. Le capitalisme ne peut pas être réformé. Il faut le détruire. Totalement, radicalement, pour que puisse s'inventer une organisation sociale et économique du monde nouvelle. T'imagines-tu qu'il aurait été possible aux révolutionnaires français de 1789 d'apporter des réformes aux privilèges sociaux hérités par la noblesse du système féodal ? Penses-tu que le colonialisme, le système esclavagiste auraient pu être améliorés, rendus conformes aux exigences de la morale la plus élémentaire par quelques touches correctrices ? Non, Zohra. Ce qui nous est demandé, ce qui est demandé à ta génération, c'est la destruction du capitalisme, son dépassement. Pour qu'un monde nouveau plus humain puisse naître, il faut que les privilèges et la toute-puissance des capitalistes disparaissent dans les poubelles de l'histoire, comme autrefois les privilèges et la toute-puissance des marquis.

Le désir du tout autre, l'utopie nous habitent. Notre utopie, c'est l'horizon des valeurs sur lesquelles nous devons régler notre conduite.

– *Mais, Jean, l'utopie, ce n'est pas quelque chose qui n'arrive jamais ? Un truc de rêve ?*

– Non. L'utopie est une force historique formidable. Elle désigne bien un rêve, le rêve éveillé qui vit en nous, la justice exigible qui habite notre conscience, le monde nouveau, heureux et plus juste que nous revendiquons.

Regarde l'histoire : l'humanisation progressive de l'homme est une évidence. L'abolition de l'esclavage a été pendant des siècles une pure utopie, raillée par les esclavagistes, les maîtres de la traite et les banquiers qui les finançaient. Elle est pourtant devenue réalité, bien sûr après de longs combats, même si, comme nous l'avons vu, il existe encore des esclaves ici et là dans le monde, car leurs maîtres ont perdu leur toute-puissance et sont aujourd'hui tenus tout simplement pour des criminels.

Et l'émancipation des femmes en Occident ? Une utopie pendant des siècles. Au XIXe siècle, il se trouvait des scientifiques pour expliquer que les femmes n'avaient pas d'âme. Quand elles avaient 20 ans, tes grands-mères n'avaient pas le droit de vote. Les combats des « suffragettes », comme on les appelait ironiquement, étaient encore, il y a à peine trois générations, la risée des hommes au pouvoir. Pourtant, aujourd'hui, la plus grande puissance économique d'Europe, l'Allemagne, est gouvernée par une femme, régulièrement réélue.

La souveraineté et l'indépendance pour tous les peuples étaient aussi regardées comme une totale utopie. Or, vers le milieu du XXe siècle, de nombreux peuples se sont levés et ont brisé le joug colonial. Aujourd'hui, 193 États, pour la majorité d'anciennes colonies, font partie des Nations unies comme États souverains.

– *Tu dis donc qu'on peut réaliser les utopies ?*

– L'utopie se concrétise à petits pas. Che Guevara a écrit : « Même les murs les plus puissants s'effondrent par leurs fissures. » L'utopie est inscrite dans la Déclaration universelle des droits de l'homme des Nations unies de 1948 et dans les deux Déclarations qui l'ont précédée, celle des révolutionnaires américains du 4 juillet 1776 et cette autre, la Déclaration des droits de l'homme et du citoyen des révolutionnaires français de 1789. L'article premier de la Déclaration de l'ONU proclame : « Tous les êtres humains naissent libres et égaux en dignité et en droit. Ils sont doués de raison et de conscience et doivent agir les uns envers les autres dans un esprit de fraternité. » Et l'article 3 stipule : « Tout individu a droit à la vie, à la liberté et à la sécurité de sa personne. »

Les révolutionnaires américains étaient plus précis et encore plus conséquents que les Français. Car ils ont ajouté à leur catalogue des droits humains un droit tout à fait spécifique : le droit à l'insurrection. Écoute-les, Zohra :

> Nous tenons les vérités suivantes pour évidentes par elles-mêmes : tous les hommes ont été créés égaux ; le Créateur leur a conféré des droits inaliénables, dont les premiers sont : le droit à la vie, le droit à la liberté, le droit au bonheur [...]. Lorsqu'un gouvernement, quelle que soit sa forme, s'éloigne de ces buts, le peuple a le droit de le changer ou de l'abolir, et d'établir un nouveau gouvernement en le fondant sur ces principes et en

> l'organisant en la forme qui lui paraîtra la plus propre à lui donner sécurité et bonheur.

J'espère que tu auras retenu de toutes nos discussions que le pouvoir exercé par les oligarques du capital financier mondialisé est aujourd'hui le véritable gouvernement du monde et qu'il fait obstacle au bonheur de la multitude. Tout être humain est donc investi à son égard du devoir d'insurrection.

– *Quand viendra cette insurrection ?*

– Personne ne le sait. Mais elle viendra. Elle est proche. La foule des martyrs habite la mémoire des gens, au Sud et au Nord, cette mémoire est révolutionnaire. Dans un ouvrage collectif, *Le Livre noir du capitalisme*, mon ami Gilles Perrault l'exprime magnifiquement :

> La foule innombrable de ceux qui furent déportés d'Afrique aux Amériques, hachés menu dans les tranchées d'une guerre imbécile, grillés vifs par le napalm, torturés à mort dans les geôles des chiens de garde du capitalisme, fusillés aux Mur des Fédérés, fusillés à Fourmies, fusillés à Sétif, massacrés par centaines de mille en Indonésie, quasiment éradiqués tels les Indiens d'Amérique, massivement assassinés en Chine pour assurer la libre circulation de l'opium… De tous ceux-là, les mains des vivants ont reçu le flambeau de la révolte de l'homme nié dans sa dignité. Mains bientôt inertes de ces enfants du tiers-monde que la malnutrition, chaque jour, tue par dizaines de milliers, mains décharnées des peuples condamnés à rembourser les intérêts d'une dette dont leurs dirigeants-marionnettes ont volé le capital, mains tremblantes des exclus toujours plus nombreux à camper aux marches de l'opulence […].

Mains d'une tragique faiblesse, et pour l'instant, désunies. Mais elles ne peuvent pas ne pas se rejoindre un jour. Et ce jour-là, le flambeau qu'elles portent embrasera le monde.

– *D'après tout ce que tu m'as dit et tout ce que j'ai compris, les capitalistes ne veulent ni l'égalité entre tous les êtres humains ni la sécurité pour chacun.*

– Ce n'est, en effet, pas leur problème. La justice sociale, la fraternité, la complémentarité entre les êtres, la liberté ? Le lien universel entre les peuples, l'intérêt général, le bien public, l'ordre librement accepté, la loi qui libère, les volontés disparates transfigurées par la règle commune ? De vieilles lunes, des rêveries archaïques qui font ricaner les jeunes et efficaces managers des sociétés transcontinentales privées !

Ceux-ci ont une autre mission. Le principe fondateur du système capitaliste, c'est le profit. C'est la concurrence impitoyable entre tous les individus et tous les peuples. La logique du capital est fondée sur l'affrontement, sur l'écrasement du faible, sur la guerre. Et il faut ajouter que le capitalisme tire de la guerre un inépuisable profit par la destruction, la reconstruction, le commerce des armes.

Zohra, je te le répète : on ne peut réformer graduellement et pacifiquement le système capitaliste. Il faut briser les bras des oligarques.

– *Mais, Jean, durant toute notre conversation, tu m'as parlé de la toute-puissance des maîtres du système capitaliste. Comment les plus faibles pourraient-ils parvenir à briser les bras des plus forts ?*

– Nous avons beaucoup parlé, toi et moi, de Karl Marx. Dans une lettre à son ami Joseph Weydemeyer, il écrit : « Le révolutionnaire doit être capable d'entendre pousser l'herbe. » Je te le garantis : actuellement l'herbe pousse !

– Tu me sembles bien optimiste. Et tu ne réponds pas, pour autant, à ma question !

– Écoute, Zohra. Une force immense sommeille en nous. Et je vais répondre à ta question, qui est la plus difficile…

La force du soulèvement réside dans le refus raisonné de chacun de nous d'accepter durablement un monde où le désespoir, la faim, la misère, les souffrances, l'exploitation d'une multitude nourrissent le relatif bien-être d'une minorité généralement blanche et vivant dans l'inconscience de ses privilèges.

« L'inhumanité infligée à un autre détruit l'humanité en moi », a écrit le philosophe allemand Emmanuel Kant. L'impératif moral est en chacun de nous. Il s'agit de le réveiller, de mobiliser la résistance, d'organiser le combat.

L'insurrection des consciences se manifeste partout. On assiste actuellement à la multiplication des fronts de résistance. Dans tous les secteurs de la vie.

Zohra, un sujet historique nouveau est en train de naître : la société civile planétaire. Elle réunit des millions de femmes et d'hommes appartenant aux peuples, aux cultures, aux classes sociales, aux classes d'âge les plus différents. Une seule motivation l'anime : « Je suis l'autre et l'autre est moi. » Pas plus de comité central que de ligne de parti. Elle est composée d'une myriade de fronts de résistance à l'œuvre aujourd'hui, sur les cinq continents, aux endroits les plus inattendus, contre l'ordre cannibale du monde. Des mouvements sociaux les plus divers la représentent : Via Campesina, une organisation de plus de 120 millions de métayers, de petits paysans et de journaliers agricoles ; les mouvements féministes en lutte contre les discriminations et les violences ; Greenpeace, qui se bat contre les menaces qui pèsent sur la nature et la biodiversité ; le mouvement Attac, qui tente de limiter les ravages du capital spéculatif ; Amnesty International, qui lutte pour le respect minimal, partout dans le monde, des droits de l'homme ; et des dizaines de milliers d'autres mouvements sociaux, anticapitalistes, grands et petits, locaux ou internationaux. Ensemble ils forment une mystérieuse fraternité, plus puissante chaque jour, luttant en parallèle contre la barbarie capitaliste. Des centaines de millions d'êtres humains sont à présent réveillés.

– Et maintenant, qu'est-ce qui va se passer ?

– Le temps, c'est de la vie humaine. On ne peut pas laisser attendre les pauvres. D'où la radicalité des revendications de ces mouvements. Or la bataille qui est loin d'être gagnée aujourd'hui risque d'être perdue pour longtemps si l'on n'agit pas.

– Jean, tu ne réponds pas à ma question. Qu'est-ce qui va se passer ?

– Zohra, nous ne savons pas comment ça va se passer. Regarde ce qui est en train d'advenir de la lutte des femmes contre les outrages faits à leur sexe. Il suffit de la dénonciation d'un puissant prédateur sexuel issu des milieux du cinéma hollywoodien pour que s'allume la révolte de toutes les femmes qui ont, un jour ou l'autre, été victimes d'un tel comportement. La fissure tout à coup est béante et le mur tombe.

L'être humain sait avec certitude ce qu'il ne veut pas. Moi, je ne veux pas vivre sur une planète où toutes les cinq secondes un enfant de moins de 10 ans meurt de faim ou d'une maladie liée à la faim, alors que la Terre pourrait nourrir sans problème le double de l'humanité actuelle, si seulement la distribution des aliments était équitable. L'inégalité meurtrière des fortunes, la guerre permanente des riches contre les pauvres me révulsent. Je ressens comme une insulte à la raison l'obscurantisme, la bêtise de l'idéologie néolibérale, la naturalisation des forces du marché, la manipulation des consommateurs. La destruction de l'environnement, la surexploitation de nos ressources naturelles, la mort lente de la planète sont des monstruosités.

Rappelle-toi les paroles de cet étonnant pape François : « Avec l'exclusion est touchée, dans sa racine même, l'appartenance à la société dans laquelle on vit. L'exclu ne se situe plus dans les bas-fonds, dans la périphérie – il est en dehors… Les exclus ne sont pas des exploités, mais des déchets. »

Dans notre humanité actuelle, il existe plus d'un milliard d'êtres humains qui sont des « déchets ». De cette société, je ne veux pas. Je le sais avec clarté.

– D'accord, Jean, on sait ce qu'on ne veut pas, mais, si on se bat, on doit aussi savoir par quoi on veut remplacer le capitalisme… et comment on va s'y prendre.

– Il n'y a pas de programme. Seulement une lente germination sur les différents fronts mobilisés. Il y a aussi les leçons du passé. Le dépassement du capitalisme par le communisme au XXe siècle n'a pas abouti. Il a porté des fruits, favorisé l'émancipation de l'humanité, mais il a été trahi et violemment combattu. Le capitalisme a gagné, comme aujourd'hui en Chine, où un régime prétendument communiste fonde son économie sur le marché capitaliste. Il y a enfin, pour organiser l'avenir, les convictions que chacun des combattants porte en lui, ses valeurs.

Regarde ce qui s'est passé le 14 juillet 1789 à Paris. Dans les faubourgs Saint-Antoine et Saint-Martin, les ouvriers, les artisans étaient révoltés par la misère. Les idées des Lumières avaient germé tout au long du XVIIIe siècle, elles avaient partout circulé : contre le pouvoir absolu des rois, contre l'obscurantisme religieux, pour le développement du savoir et des sciences, pour la raison, pour la liberté, pour l'égalité entre les hommes. Ce jour-là, le 14 juillet, ces ouvriers et artisans parisiens ont décidé de prendre d'assaut l'immense forteresse-prison de Paris, toute proche, symbole détesté du pouvoir arbitraire. Ils ont marché sur la Bastille. Pauvrement armés, de piques, de pistolets, de poignards. La Bastille… Des fossés d'eaux profondes, larges de 10 mètres, des murs réputés imprenables…

Les voyant arriver, le gouverneur de Launay a fait lever le pont-levis, tomber la herse, verrouiller la porte. Plus tard, dans la journée, deux bataillons de la garde bourgeoise, avec huit canons, sont arrivés au secours des assaillants. De Launay a tenté de négocier, a fait baisser le pont-levis. Les insurgés sont entrés dans la forteresse, ont massacré le gouverneur et libéré les prisonniers.

Si, au soir de ce 14 juillet, un journaliste d'aujourd'hui avait pris à part l'un des insurgés pour lui demander : « Citoyen, vous venez de prendre la Bastille, expliquez-moi maintenant comment vous allez continuer, comment vous allez vous y prendre pour abattre la monarchie et la féodalité », eh bien, il est certain que la question n'aurait pas eu de réponse claire et nette. Impossible pour cet insurgé d'anticiper le texte de la Constitution de la première République qui serait proclamée quatre ans plus tard.

La Révolution française a bouleversé l'histoire du monde. Elle a abattu l'ordre féodal, libéré des centaines de millions d'êtres humains à travers la planète. Son programme, ses institutions, ses stratégies ? Ils sont nés de la liberté libérée dans l'homme d'une façon totalement imprévisible.

– Tu ne sais donc rien du système social et économique qui doit remplacer le capitalisme ?

– Rien du tout, du moins rien de précis. Mais cela ne m'empêche pas d'espérer que ce sera ta génération qui abattra le capitalisme. Et dans cette perspective, une évidence m'habite : l'action de chacun compte. Mon espérance se nourrit de la conviction du poète Pablo Neruda : « *Podrán cortar todas las flores, pero jamás detendrán la primavera* », ce qui signifie : « Ils pourront couper toutes les fleurs, mais jamais ils ne seront les maîtres du printemps. »

Remerciements

Des parents de jeunes enfants m'ont soufflé l'idée de ce livre. Olivier Bétourné, président des Éditions du Seuil, l'a immédiatement pris en charge, a accompagné son élaboration de son amitié et de sa formidable érudition et l'a relu avec toute son acuité critique.

Erica Deuber Ziegler a été ma précieuse collaboratrice, apportant au livre son regard d'historienne et son impitoyable sens critique.

Dominique Ziegler a relu le manuscrit et a débusqué quelques insuffisances. Ses commentaires ont été essentiels.

Le manuscrit a été saisi et mis au propre avec diligence et précision par Sophie Sallin.

Cécile Videcoq a assuré avec une extrême compétence le travail éditorial, me faisant bénéficier à chaque étape de ses conseils amicaux.

Caroline Gutman, Catherine Camelot et Sebastian Ritscher m'ont accordé leur soutien et leur amitié fidèle.

Marie-Pierre Le Faucheur-Prudon a relu la copie avec une grande compétence et François-Xavier Delarue a mis en page la couverture avec talent.

Enfin, Olivier Balez, graphiste exceptionnel, a trouvé pour la couverture du livre la symbolique capable d'amplifier mon propos.

À toutes et tous, je dis ma profonde gratitude.

Du même auteur

La Contre-Révolution en Afrique
Payot, 1963

Sociologie de la nouvelle Afrique
Gallimard, « Idées », 1964

Sociologie et contestation
Essai sur la société mythique
Gallimard, « Idées », 1969

Le Pouvoir africain
Seuil, « Esprit », 1971
et réédition, « Points Essais » n° 780, 2016

Les Vivants et la Mort
Essai de sociologie
Seuil, « Esprit », 1975
et « Points Essais » n° 90, 1978

Une Suisse au-dessus de tout soupçon
(en collab. avec Délia Castelnuovo-Frigessi,
Heinz Hollenstein et Rudolph H. Strahm)
Seuil, « Combats », 1976
et réédition, « Points Essais » n° 782, 2016

Main basse sur l'Afrique
Seuil, « Combats », 1978
et réédition, « Points Essais » n° 779, 2016

Retournez les fusils !
Manuel de sociologie d'opposition
Seuil, « L'Histoire immédiate », 1980,
« Points Politique » n° 110, 1981
et nouvelle édition mise à jour sous le titre

Retournez les fusils !
Choisir son camp
Seuil, 2014
et « Points Essais » n° 833, 2017

Les Rebelles
Contre l'ordre du monde
Mouvements armés de libération nationale du tiers monde
Seuil, « L'Histoire immédiate », 1983
et réédition, « Points Essais » n° 778, 2016

Vive le pouvoir !
Ou les délices de la raison d'État
Seuil, 1985

La Victoire des vaincus
Oppression et résistance culturelle
Seuil, « L'Histoire immédiate », 1988
et réédition, « Points Essais » n° 779, 2016

La Suisse lave plus blanc
Seuil, 1990

À demain Karl
(avec Uriel da Costa)
Éditions Régine Deforges, 1991

Le Bonheur d'être suisse
Seuil/Fayard, 1993,
« Points Actuels » n° 152, 1994
et « Points Essais » n° 808, 2016

Il s'agit de ne pas se rendre
Dialogue sur France Culture avec Régis Debray
Arléa, 1994

L'Or du Maniema
roman
Seuil, 1996
et nouvelle édition, « Points » n° P2704, 2011

La Suisse, l'Or et les Morts
Seuil, 1997
et « Points Histoire » n° 405, 2008

Les Seigneurs du crime
Les nouvelles mafias contre la démocratie
(en collab. avec Uwe Mühlhoff)
Seuil, « L'Histoire immédiate », 1998
« Points » nº P631, 1999
et « Points Essais » nº 559, 2007

La Faim dans le monde expliquée à mon fils
Seuil, 1999, 2011, 2015

Les Nouveaux Maîtres du monde
Et ceux qui leur résistent
Fayard, 2002
Seuil, « Points » nº P1133, 2003
et « Points Essais » nº 560, 2013

Le Droit à l'alimentation
Précédé de Le Droit du faible contre la raison du fort
(en collab. avec Sally-Anne Way
et Christophe Golay)
Mille et une nuits, 2003

L'Empire de la honte
Fayard, 2005
et « Le Livre de poche », 2007

La Haine de l'Occident
Albin Michel, 2008
et « Le Livre de poche », 2011

Destruction massive
Géopolitique de la faim
Seuil, 2011
et « Points » nº P2879, 2012

Discours sur la dette
(avec Thomas Sankara)
Elytis, « Quoi de neuf ? », 2014

Chemins d'espérance
Ces combats gagnés, parfois perdus
mais que nous remporterons ensemble
Seuil, 2016

Les murs les plus puissants tombent par leurs fissures
Dialogue avec Denis Lafay
Éditions de l'Aube, 2018

Dans la même série

Tahar Ben Jelloun
Le Racisme expliqué à ma fille

Régis Debray
La République expliquée à ma fille

Max Gallo
L'Amour de la France expliqué à mon fils

Sami Naïr
L'Immigration expliquée à ma fille

Jacques Duquesne
Dieu expliqué à mes petits-enfants

Lucie Aubrac
La Résistance expliquée à mes petits-enfants

Jean Ziegler
La Faim dans le monde expliquée à mon fils

Annette Wieviorka
Auschwitz expliqué à ma fille

Nicole Bacharan et Dominique Simonnet
L'Amour expliqué à nos enfants

Jacques Sémelin
La Non-Violence expliquée à mes filles

Jérôme Clément
La Culture expliquée à ma fille

Roger-Pol Droit
Les Religions expliquées à ma fille

Henri Weber
La Gauche expliquée à mes filles

Jacky Mamou
L'Humanitaire expliqué à mes enfants

Jean Clottes
La Préhistoire expliquée à mes petits-enfants

Tahar Ben Jelloun
L'Islam expliqué aux enfants (et à leur parents)

Emmanuelle Huisman-Perrin
La Mort expliquée à ma fille

Patricia Lucas et Stéphane Leroy
Le Divorce expliqué à nos enfants

Roger-Pol Droit
La Philosophie expliquée à ma fille

Antoine Prost
La Grande Guerre expliquée à mon petit-fils

Michel Vovelle
La Révolution française expliquée à ma petite-fille

Bernard Sesboüé
Le Da Vinci Code *expliqué à ses lecteurs*

Jacques Le Goff et Jean-Louis Schlegel
Le Moyen Âge expliqué aux enfants

Jean-Christian Petitfils
Louis XIV expliqué aux enfants

Marc Ferro
Le XXe siècle expliqué à mon petit-fils

Jacques Le Goff
L'Europe expliquée aux jeunes

Denis Guedj
Les Mathématiques expliquées à mes filles

Pauline Schmitt Pantel
Dieux et Déesses de la Grèce expliqués aux enfants

Roger-Pol Droit
L'Occident expliqué à tout le monde

Clémentine Autain
Les Machos expliqués à mon frère

Rama Yade
Les Droits de l'homme
expliqués aux enfants de 7 à 77 ans

Pascal Vernus
Les Dieux égyptiens expliqués à mon fils

Alain Demurger
Chevaliers et Chevalerie expliqués à mon petit-fils

Pascal Picq
Darwin et l'évolution expliqués à nos petits-enfants

Jean-Marc Jancovici
Le Changement climatique expliqué à ma fille

Roger-Pol Droit
L'Éthique expliquée à tout le monde

Marc Ferro
Le Mur de Berlin
et la Chute du communisme expliqués à ma petite-fille

Marc-Alain Ouaknin
La Tora expliquée aux enfants

Jacques-Olivier Boudon
Napoléon expliqué à mes enfants

Jean-Louis Brunaux
Les Gaulois expliqués à ma fille

Bruno Dumézil
Les Barbares expliqués à mon fils

Pascal Picq
Les Origines de l'homme
expliquées à nos petits-enfants

Jean-Didier Vincent
Le Sexe expliqué à ma fille

Marc Ferro
De Gaulle expliqué aujourd'hui

Hubert Reeves
L'Univers expliqué à mes petits-enfants

Marc-Alain Ouaknin
L'Alphabet expliqué aux enfants

Roland Lehoucq
Les Extraterrestres expliqués à mes enfants

Jean-Pierre Azéma
L'Occupation expliquée à mon petit-fils

Benjamin Stora
La Guerre d'Algérie expliquée à tous

Rachid Benzine
Le Coran expliqué aux jeunes

Henry Rousso
La Seconde Guerre mondiale expliquée à ma fille

Elias Sanbar
La Palestine expliquée à tout le monde

Michel Wieviorka
L'Antisémitisme expliqué aux jeunes

Jean-Marc Lévy-Leblond
La Science expliquée à mes petits-enfants

Hubert Reeves et Yves Lancelot
La Mer expliquée à nos petits-enfants

Joseph Doré
Jésus expliqué à tous

Élisabeth Roudinesco
L'Inconscient expliqué à mon petit-fils

Jean-Didier Vincent
Le Cerveau expliqué à mon petit-fils

Marc Ferro
La Colonisation expliquée à tous

Tahar Ben Jelloun
Le Terrorisme expliqué à nos enfants

Roger-Pol Droit
La Tolérance expliquée à tous

Jean-Marc Lévy-Leblond
L'Atome expliqué à mes petits-enfants

Geneviève Delaisi de Parseval
La Famille expliquée à mes petits-enfants

Jean-Louis Schlegel
La Bible expliquée aux jeunes

Gilles Perrault
La Justice expliquée à ma petite-fille

Myriam Revault d'Allonnes
La Politique expliquée à nos enfants

Pauline Schmitt-Pantel
Dieux et déesses de la Grèce expliqués aux enfants

RÉALISATION : IGS-CP À L'ISLE-D'ESPAGNAC
IMPRESSION : NORMANDIE ROTO IMPRESSION S.A.S. À LONRAI
DÉPÔT LÉGAL : MAI 2018. N° 139722-10 (1805088)
IMPRIMÉ EN FRANCE